KB261104

초능력 동물원

기발하고 엉뚱한 동물들의 초능력 이야기

초능력 동물원

김소희 글 | 이명하 그림

사이언스 북스
SCIENCE BOOKS

사랑하는 가족과 열정을 잃지 않도록 힘을 주는 친구들,

그리고 연구실에서 혹은 현장에서 생명을 연구하거나 돌보고 계신 분들과,

그밖에 동물을 사랑하는 모든 분들께,

또한 이 세상 모든 생명에게,

이 책을 바칩니다.

대단한 녀석들이 왔다!

영화 「엑스맨」이나 「슈퍼맨」, 「배트맨」, 「스파이더맨」이 돌연변이로 태어났거나 첨단 과학 기술의 힘을 빌려 초능력을 갖게 된 인간들의 이야기라면, 이 책은 그런 공상 과학 영화 속에서나 존재할 법한 기상천외한 초능력을 가진 '진짜' 동물들의 이야기다. 펄펄 끓는 물속에서도 유유자적 살아가는 폼페이벌레, 120년 만에 죽었다 깨어난 곰벌레, 10년 동안 굶어도 죽지 않는 도롱뇽, 감쪽같이 다른 동물로 변신하는 흉내문어, 몸속의 암세포까지 냄새로 탐지해 내는 개, 잘려 나간 팔을 다시 만들어 내는 불가사리, 자기 키의 120배 높이로 점프를 하는 거품벌레, 눈으로 피총을 쏘아 대는 사막뿔도마뱀.

이런 동물들을 보고 있자면, 흔히 사람들이 말하듯이 정말 동물이 인간보다 열등한 존재일까 하는 의구심이 생긴다. 지구상에는 인간은 감히 흉내조차 낼 수 없을 만큼 신기하고 놀라운 능력을 지닌 동물들이 셀 수 없이 많다. 그리고 이들은 발견되기가 무섭게 전 세계에 퍼져 있는 수많은 과학자들의 혼을 쏙 빼놓고 과학자들을 안달나게 만든다. 왜일까? "남들(특히 우리 인간)은 못 하는 것을 녀석들은 도대체 어떻게 할 수 있는 거지?" 하는 궁금증이 호기심 많은 과학자들을 마구마구 자극해서? 물론 그것도 맞다. 그러나 그보다 더 중요한 것은 이러한 동물들의 신비한 능력이 엄청난 과학 기술을 탄생시키는 원동력이 되기 때문이다.

사실, 오늘날 우리가 누리고 있는 현대 문명의 수많은 편리함과 안락함, 혹은 즐거움 중에는 동물들의 독특한 행동과 놀라운 초능력에서 아이디어를 얻은 것들이 수두룩하다. 제자리를 맴돌며 날고 있는 잠자리는 헬리콥터를, 다리 솜털에 공기 방울을 붙이고 잠수해 물속 먹이를 잡는 물방개는 수중 산소통을, 오징어의 먹물은 연막탄을, 빛을 받으면 밝게 빛나는 고양이의 눈은 도로 위 야광 차선을 탄생하게 했으며, 나방의 더듬이는 안테나를, 박쥐와 고래의 초음파 방향 정위법은 레이더를 만들어 냈다.

먼 옛날, 박쥐와 새를 보며 하늘을 나는 꿈을 꾸었을 레오나르도 다빈치. 아마도 많은 사람들이 그의 등 뒤에서 "날개가 없는 인간이 어떻게 하늘을 날 수 있단 말이야!" 하며 비웃음을 흘렸을 것이다. 하지만 레오나르도 다빈치가 고안한 비행기는 400년 뒤 진짜 현실이 되었다. 허무맹랑하다고 여겨졌던 '상상'과 '꿈'이 새로운 과학 기술을 탄생시킨 사례는 끝도 없다. 수십 년 전 만화 영화 「아톰」을 보고 자란 아이들은 세계 최초의 인간형 로봇 아시모(ASIMO)를 만들어 냈고, 공상 과학 소설의 아버지라 불리는 프랑스 작가 쥘 베른이 쓴 『해저 2만 리』를 읽고 자란 아이들은 세계 최초의 핵 잠수함 '노틸러스 호'(『해저 2만 리』에 나오는 잠수함의 이름이 '노틸러스 호'이다.)를, 『달나라 여행』을 읽은 아이들은 아폴로 우주선을 만들어 진짜 달나라에 깃발을 꽂았다.

물리학자 알베르트 아인슈타인은 "지식보다 중요한 것이 상상이다. 상상은 삶의 핵심이자 다가올 미래의 예고편이다."라고 말했다. 현재의 시선으로만 세상을 바라보고 틀에 박힌 사고에서 벗어나지 못한다면 미래는 지금과 다를 바 없을 것이다. 상상력은 미래를 이끌어 나갈 힘이고, 신비로운 동물들의 세계야말로 상상력의 보고다. 우리와 다른 차원의 행동과 능력을 지닌 동물들을 찾아내고 밝혀냄으로써 전혀 새로운 시선과 사고방식을 지닐 수 있을 것이다. 그 기묘한 능력들을 우리 생활 속 어디에, 어떻게 적용할 수 있을지, 그 상상은 여러분의 자유다. 얼마나 황당하고 재미있고 허무맹랑하고 기발한 아이디어들이 샘솟을지 무척 기대가 된다.

이 책을 통해 지구 별에서 함께 살아가고 있는 우리의 이웃인 수많은 생명들에 대해 좀 더 알고 이해할 수 있는 계기가 되기를, 그리

고 상상하고, 꿈꾸고, 열정과 호기심을 가지고 새로운 것을 향해 도전
하는 힘도 키우게 되기를 바란다.

차례

크리스마스섬 월드컵
오~곳스
대·한·민·국
짝짝짝 짝짝
대한민국

1.
아무도 못 듣게
수다를 떠는 기린

기린 울음소리 들어 본 사람? 누구나 어릴 때 그림책을 들여다보며 "강아지는 멍멍, 오리는 꽥꽥, 사자는 어흥" 해 가며 동물들의 울음소리를 배운다. 그런데 기린 울음소리는? 설마 "기~린 기~린" 하고 울진 않을 테고. 아예 소리를 내지 못하는 것일까?

오랫동안 기린은 울지 않는 동물로 알려져 있었다. 심하게는 벙어리라 불리기도 했다. 사실 기린은 가끔씩이긴 하지만 여러 가지 소리를 만들어 낸다. 짝짓기 시기가 되면 수컷들은 기침 소리 비슷한 소리를 내뱉고, 엄마 기린들은 휘파람 소리 또는 소 울음소리 비슷한 소리를 내어 새끼를 부른다. 그 외에 트림 소리 비슷한 소리, 툴툴대는 듯한 소리, 플루트 음과 비슷한 특이한 소리도 종종 내며, 재채기, 딸꾹질도 할 수 있다.

이게 다일까? 기린의 친척 중에 오카피라는 동물이 있다. 말의 얼굴, 기린의 목, 얼룩말의 몸을 가졌다는 전설 속의 이 동물이 발견된 것은 겨우 90년 전인 1918년인데, 이 신비로운 동물이 사람을 비롯한 천적들은 들을 수 없는 초저주파로 대화한다는 사실이 밝혀지면서 학자들은 기린의 울음소리를 다시 연구하기 시작했다. 그 결과, 기린 역시 초저주파로 의사소통을 한다는 사실이 밝혀졌다.

사실 코끼리, 하마, 코뿔소, 고래 같은 많은 동물들이 사람의 귀로는 들을 수 없는 초저주파로 의사소통을 한다. 여기서 잠깐, 소리에 대해 짚고 넘어가자. 우리가 듣는 소리들은 공기의 진동에 의해 만들어진다. 이 소리의 진동을 음파라 하는데 진동이 빠를수록 고음이 되고, 진동이 느릴수록 저음이 된다. 사람이 들을 수 있는 소리의 영역은 20~2만 헤르츠이고 이보다 낮으면 초저주파, 높으면 초음파라고 한다. 초저주파는 음파에 비해 훨씬 더 멀리까지 전달되기 때문에 동물들은 10킬로미터 이상 떨어져 있어도 서로의 위치를 비롯한 여러 가지 정보를 교환할 수 있다.

지나치게 과묵한 줄로만 알았던 여러 동물이 사실은 수다쟁이였다니 놀랍지 않은지? 벙어리라는 오명을 쓰고 산 기린은 얼마나 억울했을까. 사람들은 항상 '나'를 기준으로 세상을 바라보고, 나와 다르다는 이유만으로 나보다 못 하다고 생각하는 경향이 있는 것 같다.

어쨌든 코끼리나 기린처럼 초저주파로 대화를 나눌 수 있다면,

말좀
하라구!!

멀리 있는 친구를 부르려고 목청이 찢어져라 소리를 지를 필요도 없고, 교실에서 떠들었다고 칠판에 이름 적힐 일 따위도 없을 것이다. 사람 많은 광장 한가운데서 "임금님 귀는 당나귀 귀!"를 외쳐도 아무도 듣지 못한다면 정말 신나지 않을까?

기린 Giraffe

5미터가 넘는 기린은 육상동물 중에서 가장 키가 큰 동물로 2~3층 높이의 건물 안을 가뿐히 들여다볼 수 있다. 갓 태어난 아기 기린의 키가 1.7미터니 말 다했지 싶다. 목이 길어 목뼈의 수가 굉장히 많은 것으로 오해를 받지만 다른 포유류와 같이 7개의 목뼈를 가졌다. 초식동물이다.

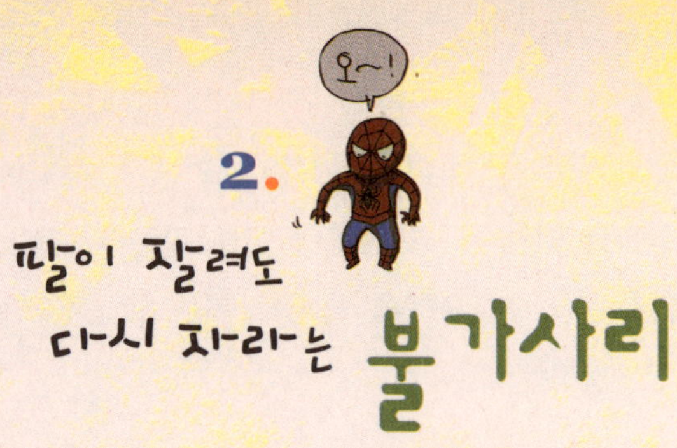

2.
팔이 잘려도 다시 자라는 불가사리

상처용 연고 '마○○솔'을 항문에 바르면 죽는다는 우스갯소리가 있다. 솔~솔~ 새살이 돋아나 구멍을 꽉 막아 버리기 때문이란다. 신체 일부가 원래대로 복구되는 것을 재생이라고 하는데, 재생 능력은 모든 생물의 생존에 필수적이다. 피부에 상처가 생겨 피가 나는데 재생이 되지 않고 평생 그 상태로 살아야 한다면? 으~ 생각만 해도 끔찍하다.

이가 빠진 자리에 영구치가 난다거나, 머리카락이나 코털이 새로 나는 등 사람도 재생 능력을 가지고 있긴 하지만 그렇다고 잘려 나간 손가락이나 팔이 다시 자라지는 않는다. 그런데 동물 중에는 아예 통째로 잘려 나간 신체 일부를 완벽하게 만들어 내는 놀라운 재생 능력을 가진 녀석들이 있다.

흔히 우리가 불가사리를 보고 다리가 5개니, 6개니, 하는데, 정확하게는 '팔'이라고 부르는 것이 맞다. 불가사리는 팔이 잘리면 그 부위가 썩거나 흉터로 남는 것이 아니라 새로운 팔이 자란다. 그래서 파도에 떠밀려 온 불가사리를 살펴보면 팔이 한두 개쯤 작거나 색깔이 약간 다른 녀석들을 볼 수 있는데, 그럴 경우 '아~ 최근 아픔을 겪었던 녀석이구나!' 하고 생각하면 된다. 이 놀라운 재생 능력은 불가사리의 몸 한가운데에 있는 중심반(central disk)이라는 기관 덕분인데, 이 중심반이 너무 많이 파괴되거나 아예 없어지면 재생 능력을 발휘하지 못한다.

한편 예쁜 생김새와 선명한 푸른 빛깔로 인기를 끌고 있는 푸른불가사리(*Linckia laevigata*)는 새로운 팔이 재생되는 것은 물론, 잘려 나간 팔이 완전한 불가사리로 변하는 것으로 유명하다. 즉, 팔을 자르면 두 마리가 되는 것이다. 이것을 무성생식이라 하는데, 무성생식은 암수 없이 한 개체가 새로운 개체를 만들어 내는 것으로

과학 시간에 배우는 플라나리아를 생각하면 이해하기 쉽다.

잘려 나간 팔이 또 다른 내가 된다고 생각하면 좀 꺼림칙하지만, 이런 재생 능력을 가질 수만 있다면 뜻하지 않은 사고로 신체 일부를 잃은 사람들에게는 정말 반가운 소식이 될 것 같다.

불가사리 Sea star

세계적으로 약 1,800종이 있다. 보통 5개의 팔을 가지고 있지만 종에 따라 40개 이상의 팔을 가진 녀석도 있다. 크기도 2센티미터부터 1미터까지 다양하다. 불가사리는 조개, 다른 불가사리, 성게 등을 먹고 산다. 몸 아래쪽 중앙에 입과 소화 기관이 있는데, 팔 아래쪽에 있는 관족을 이용해 조개의 입을 벌린 후, '위를 밖으로 꺼내' 그 틈 사이에 집어넣고 강한 소화액을 분비해 조갯살을 녹여 먹는다. 양식장에 피해를 입혀 바다의 무법자, 바다의 거머리라는 별명을 가지고 있는데, 번식력도 무척 강해서 산란기가 되면 알을 200만 개나 낳는다나 뭐라나~

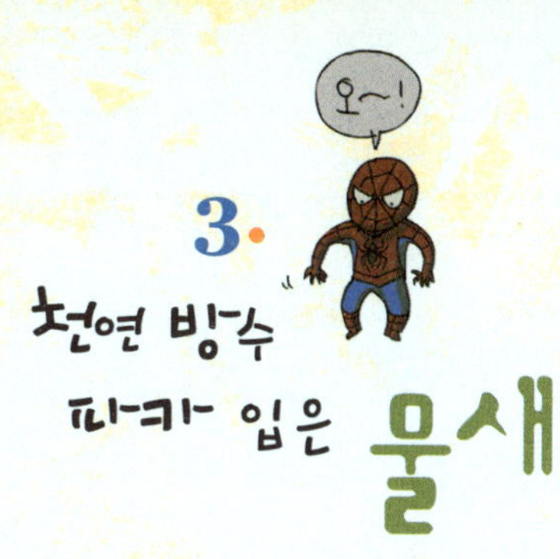

3. 천연 방수 파카 입은 물새

　한강에 '둥둥' 떠 있던 새 한 마리가 갑자기 사라진다. 어라? 한 강에 정말 '괴물'이 사는 걸까? 수면을 뚫어져라 쳐다보고 있으니 얼마 안 가 녀석이 다시 '뿅' 하고 떠오른다. 물고기를 잡으려고 잠수를 한 것이다. 어떤 녀석은 고개부터 처박은 채 물속으로 사라졌다 몇 미터쯤 떨어진 다른 곳에서 떠오르기도 하고, 어떤 녀석은 궁둥이랑 물갈퀴만 치켜든 채 버둥거리길 한참이다. 모양새는 우스꽝스러워도 엄연히 '수색 작업' 중이시다. 아무리 '물새'라지만 어떻게 얼음같이 찬 물속에서 꽁꽁 얼어붙지도 않고, 게다가 두둥실 떠다닐 수 있는 것일까? 비결은 바로 깃털에 있다. 겹겹이 촘촘하게 포개져 있는 깃털들은 사이사이에 얇은 공기층을 만들어 체온을 유지하게 해 주고, 몸을 가볍게 만들어 물에 잘 뜰 수 있게 해 준다. 공기가 빵빵하게 채워진 튜브를 겨드랑이에 끼고 있으면 힘 하나 안 들이고 물에 떠 있을 수 있는 것과 같은 원리라고나 할까.

게다가 물새 깃털은 방수 기능까지 갖추고 있어 아무리 물속에서 첨벙거려도 늘 뽀송뽀송함을 유지할 수 있다. 물새가 고개를 희한하게 뒤로 꺾어 부리로 온몸을 비벼 대는 모습을 본 적 있을 것이다. 웬 몸치장에 저리도 신경을 쓰나 싶겠지만 사실은 꽁지에 있는 기름샘에서 분비되는 기름을 부리에 묻힌 후 온몸에 골고루 바르는 중이다. 깃털에 얇은 기름막을 입혀서 물에 젖지 않게 하는 것이다. 기름과 물은 서로 섞이지 않는다는 사실을 어떻게 알고 그러는 것인지, 참, 신기하기도 하다.

만약 이러한 방수 기능이 없다면 어떻게 될까? 깃털이 물에 몽땅

젖게 되면 공기층이 사라지면서 몸이 무거워지게 된다. 물에 젖은 옷이 얼마나 무거운지 한 번 떠올려 보자. 헤엄치기가 힘들어져 체력이 떨어지는 것은 물론이고, 체온까지 떨어져 급기야 얼어 죽을 수도 있다. 건강한 깃털은 새에게 목숨과 마찬가지인 셈이다.

사람은 신체 일부분을 제외하고는 몸에 거의 털이 없어서 언제나 '옷'의 도움을 받아야만 추위나 뜨거운 햇볕, 주변 환경으로부터 몸을 보호할 수 있다. 털을 진화가 덜 됐다는 둥 미개한 동물의 전유물로 생각하는 경향이 있지만, 사실 얼마나 털이 간절했으면 오리털이나, 양털 등 남의 털로 만든 각종 털옷들이 등장했을까? 겨울이 예전만큼은 춥지 않고, 합성섬유의 발달로 진짜처럼 따뜻한 가짜 동물 털들이 많이 개발이 되면서, 인간의 외투를 위해 헐벗는, 심지어는 목숨까지 내놓는 동물들이 줄어든 것은 그나마 다행스러운 일이다.

물새 Waterfowl

물에서 헤엄쳐 다니거나 물가에서 생활하는 새들을 말하는데, 오리, 기러기, 고니, 백로, 왜가리, 두루미, 도요새, 물떼새 등이 있다. 2007년, 서해안 기름 유출 사건으로 많은 물새들이 기름을 뒤집어쓴 채 죽어 갔다. 따스한 공기층이 있어야 할 깃털 사이에 차가운 기름이 채워지는 바람에 얼어 죽거나, 깃털을 청소하려다 목구멍으로 기름이 들어가 질식사하기도 하고, 기름으로 오염된 먹이를 먹고 죽기도 했다.

4. 헛바닥으로 냄새 맡는 뱀

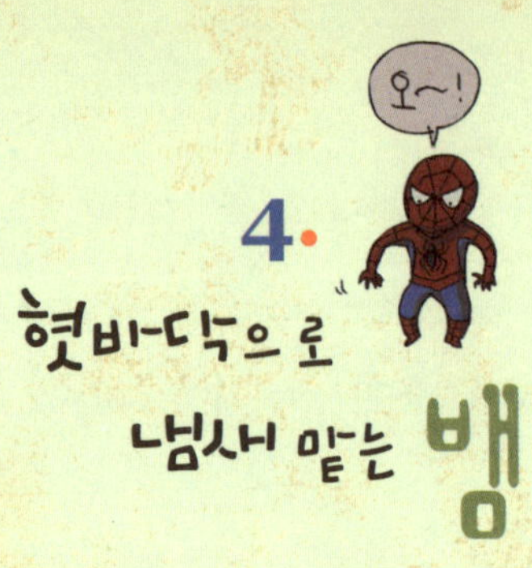

　일교차가 큰 환절기가 되면 감기에 걸려 콜록거리는 친구들이 늘어난다. 감기 증상 중에서 제일 싫은 것 중 하나가 바로 코 막힘이다. 입으로 숨을 쉬고 있노라면 작은 콧구멍 두 개의 고마움을 새삼 느끼게 된다. 밤새 잠자는 동안에도 입을 벌리고 있어야 하니 모양새도 우습고(벌레라도 들어가면 어쩌나 걱정도 된다!) 베갯머리를 눈물 아닌 침으로 적시기 일쑤다. 반면 막힌 코가 뻥~ 뚫렸을 때의 쾌감이란! 쏟아져 들어오는 시원한 공기 속에 섞인 온갖 냄새들이 그렇게 반가울 수가 없다. 물론 다시 콧구멍을 움켜쥐게 만드는 구린 냄새들은 빼고 말이다.

　코가 막혀 냄새를 맡지 못하게 되면, 일상생활에도 큰 지장이 있다. 예를 들어, 심한 코감기에 걸렸을 때 눈을 가리고 사과와 무를

먹으면 그 둘을 잘 구분하지 못한다. 우리 인간은 혀로만 맛을 보는 게 아니라 코와 혀를 모두 동원해 음식에서 뿜어져 나오는 화학 성분을 분석한 다음 그 정보를 종합해서 무슨 맛인지를 판단하기 때문이다. 냄새를 맡지 못하면 심각한 위험에 처할 수도 있다. 상한 음식을 모르고 먹을 수도 있고 유독 물질을 만졌다가 큰일이 날 수도 있다. 화재나 가스 유출 사고 등이 났을 경우에도 냄새는 아주 중요한 역할을 한다.

그런 면에서 뱀은 참 남다른 후각 능력을 가지고 있다. 뱀은 쉴 새 없이 혀를 날름대는 것으로 유명하다. 쉭쉭 소리를 내며 양 끝이 갈라진 혀를 날름날름 내밀고 있는 것을 보면 솔직히 정이 안 간다. '메롱~ 메롱~' 상대방을 약 올려 죽일 작정이라도 한 건지, 원.

사실 뱀은 열심히 공기 냄새를 맡고 있을 뿐이다. 공기 중에는 다양한 냄새 입자들이 섞여 떠돌아다니는데, 혀에다 이 입자들을 묻힌 후 입천장에 있는 야콥슨 기관이라 불리는 후각 기관에 갖다 대면 자동적으로 그 성분을 알게 되는 것이다. 이를 통해 먹잇감을 찾는 것은 물론 짝짓기 상대도 찾을 수 있다고 한다.

그러고 보니, 뱀의 '혀 날름대기'는 강아지의 코 킁킁대기와 같은 거라고 생각하면 되겠다. 물론 아무리 그렇게 생각한들 혀를 날름대는 뱀이 코를 킁킁대는 강아지처럼 귀엽게 느껴지지는 않겠지만.

세계적으로 2,900여 종이 알려져 있고, 특히 열대 지방에 많다. 뱀은 시력이 매우 나빠 아주 가까운 곳만 볼 수 있다. 귀도 퇴화되어 소리도 거의 들을 수 없지만 진동을 통해 주변의 움직임을 알 수 있다. 발도 없고 날개도 없으니, 먹고 살기 힘들겠다 싶지만 뱀은 기막힌 적외선 탐지기를 갖고 있다. 뱀의 콧구멍 양옆에는 작은 구멍이 하나씩 있는데 이것이 바로 열 감지기이다. 체온을 가진 동물이나 열이 있는 모든 물체는 적외선(열)을 내뿜는데 이 열을 감지해서 아주 작은 움직임도 알아차릴 수 있다. 이 적외선 탐지기 덕분에 깜깜한 어둠 속에서도 땅 밑에 숨어 있는 쥐를 찾아낼 수 있다.

5. 뜨거운 방귀로 적을 물리치는 폭탄먼지벌레

방귀 하니까, 캄캄한 이불 속에 갇혀서 눈물을 찔끔 흘렸던 오래 전 그날이 문득 생각난다. 헐레벌떡 방으로 뛰어 들어온 동생이 갑자기 내 위로 이불을 돌돌 말더니 그 안에다 뿡~ 하고 방귀를 뀌는 게 아닌가. '도대체 이게 사람한테서 나올 수 있는 냄새야!' 하며 호흡 곤란 일보 직전에 간신히 이불 속에서 탈출했던 기억이 난다.

그런데 정작 방귀 대왕은 따로 있었다. 폭탄먼지벌레, 일명 방귀벌레는 위험이 닥치면 1~2초라는 아주 짧은 시간 안에 섭씨 100도가 넘는 독가스를 폭탄처럼 터뜨려 적을 물리친다! '퍽' 하는 소리에도 움찔 놀라기 마련이지만, 지독한 냄새와 뜨거운 독가스 때문에 사마귀는 물론 생쥐나 두꺼비 같은 큰 동물도 줄행랑을 친다고 한다. 어떤 종은 매우 빠른 속도로 연속 70번을 뀔 수도 있다나.

우리가 뀌는 방귀는 장까지 내려간 음식물이 소화되면서 생겨난 '가스'와 음식을 삼킬 때 같이 몸 안으로 들어간 '공기'가 합쳐진 것이다('뽕' 하는 소리는 주로 항문 괄약근의 진동으로 생기기 때문에, 자기 의지에 따라 소리 크기를 조절할 수 있다.). 하지만, 폭탄먼지벌레의 방귀는 음식물의 소화 과정에서 생긴 가스가 아니라 특별한 분비샘에서 만들어지는 화학 물질에 의한 것이다.

폭탄먼지벌레의 몸속에서는 하이드로퀴논과 과산화수소라는 두 개의 화학 물질이 분비된다. 적을 만나면 이 두 가지 물질이 섞여 독가스가 되는데, 이때 굉장한 압력과 열이 발생한다. 꽁무니에 있는 두 개

의 회전식 관을 적에게 조준한 뒤 방귀를 뀌면 압력 덕분에 '퍽' 하는
소리와 함께 먼지처럼 보이는 미세한 가스가 터져 나온다. 무려 100도
가 넘는다고 하니 완전히 펄펄 끓는 물이나 마찬가지다. 이 가스에 닿
으면 사람도 피부가 부어오르고 오랫동안 상처가 남을 만큼 따갑다.
진화론을 만든 찰스 다윈도 폭탄먼지벌레를 입에 넣었다가 혀에 화
상을 입었다는 일화가 전해진다.

　이쯤 되면, 비위는 좀 상할지언정 아버지가 뀌는 방귀쯤은 정겹
게 느껴지기까지 한다. 만약 사람도 폭탄먼지벌레처럼 위험한 상황
이 닥쳤을 때 이런 유독 가스를 내뿜을 수 있다면 어떨까? 그러려면
먼저 바지부터 내려야겠지? 안 그러면 바지에 커다란 구멍이 날 테
니 말이다.

폭탄먼지벌레 Bombardier beetle

딱정벌레과에 속하는 곤충으로 크기는 1~2센티미터이고 세계적으로
500여 종이 있다. 한국·일본·중국 등지에도 산다. 호수나 개천처럼
습기가 많은 곳에서 살고, 낮에는 돌이나 낙엽 아래, 흙 속에 숨어 있다가
밤에 나와서 다른 벌레를 잡아먹는다. 여러 해충을 잡아먹는 유익한
곤충이다.

6. 혀가 아닌 발로 맛을 느끼는 파리

더러움의 대명사 파리. 화장실이니, 하수구니, 쓰레기니, 온갖 지 저분한 것들을 쫓아다녔을 녀석을 그냥 내버려 둘 사람은 아무도 없 다. 파리로선 둘둘 말린 신문지와 파리채, X~킬러가 세상에서 제일 무서운 천적일 것이다. 그런데 어딘가에 착지해 있는 녀석을 가만히 살펴보면 하는 짓이 꽤나 재미있다. 샥샥~ 샥샥~ 끊임없이 앞다리를 비벼 대다 '어라? 끝났나?' 싶으면 또다시 샥샥~ 샥샥~ 부산스레 비 벼 댄다. 잘 봐 달라고 아부를 하는 건지, 부디 살려 달라고 애걸복걸 을 하는 건지. 사실 파리가 앞다리를 비벼 대는 이유는 '청결'을 유지 하기 위해서이다. 엥? 안 어울리게 웬 청결?

사람은 혀로 맛을 느낀다. 거울 속의 나를 향해 '메~롱'을 한 상 태로 잠시 멈춰 보자. 혓바닥을 자세히 들여다보면 오돌토돌한 것

들이 가득한데, 이것이 바로 맛을 느끼게 해 주는 미뢰라고 하는 감각 기관이다. 그런데 파리는 입이 아니라, 앞다리로 맛을 느낀다. 아빠 코털처럼 생긴 파리 앞다리에는 우리 눈으로는 볼 수 없는 가느다란 잔털이 가득하다. 그 털 끝에는 작은 구멍들이 있는데 그곳을 통해 맛을 본다.

덕분에 파리는 음식을 입속에 넣을 필요 없이 그 위에 서 있는 것만으로도 맛을 느낄 수 있다. 그런데 앞다리에 이것저것 지저분한 것들이 많이 붙어 있다면, 제대로 그 맛을 알 수가 없지 않을까? 그래서 맛있는 음식을 잘 찾기 위해 늘 '장비'를 깨끗이 청소해 두는 것이다. 알고 보면 파리처럼 열심히 자기 몸을 청소하는 동물도 흔치 않다.

자, 그럼, 파리가 따끈한 밥 위에 앉아 밥알에서 풍기는 단맛을 발로 느꼈다고 하자. '으음, 이거 꽤나 맛있겠는걸.' 파리가 다음에 할 일은? 파리는 깨물거나 씹지를 못하기 때문에 대롱처럼 생긴 혀를 내밀어 음식에 침을 뿌린 후 반쯤 소화된 액체 상태로 쭉쭉 빨아 먹는다.

만일 사람들이 파리처럼 발로 맛을 느낄 수 있게 된다면 어떻게 될까? 대형 마트 시식 코너 앞에 줄을 서서 음식에 발을 대 보고 있는 사람들의 모습이라니! 헉. 벌써부터 속이 안 좋다. 이런 초능력은 차라리 없는 게 낫겠지?

파리 Fly

일반적으로 파리라고 하면 집파리를 의미하는데 체체파리, 침파리 등 세계적으로 약 4,000종이나 된다. 장티푸스, 콜레라, 결막염, 수면병 등 각종 질병을 전파한다는 사실이 밝혀지면서 모기와 함께 퇴치 대상 순위권에서 벗어나는 법이 없다.

7. 무엇으로든 변신하는 흉내문어

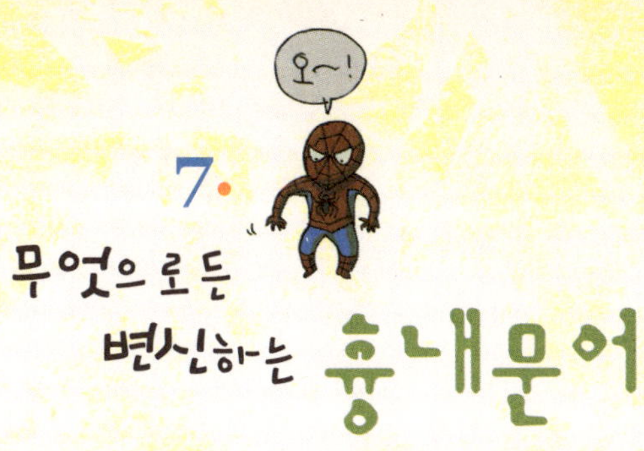

　문어, 오징어, 낙지를 두족류(頭足類)라 부른다. 거창해 보이는 이름이지만, 한자를 살펴보면 머리 '두', 발 '족', 그러니까 머리에 발이 달려 있는 녀석쯤으로 이해하면 된다. 머리처럼 보이는 부분에는 내장 및 주요 기관들이 들어 있고 비록 '뼈대 없는 가문(연체동물군)'의 자손이지만 무척추동물 중에서 가장 지능이 높다.

　그중 문어는 두족류계의 아인슈타인이라고 불릴 만큼 머리가 좋아서 어떤 학자들은 문어를 고양이만큼 영리한 동물로 보기도 한다. 문어는 학습 능력을 지니고 있음은 물론 배운 것을 기억하고 있다가 새로운 문제를 해결하기도 한다. 예를 들어 뚜껑이 달린 병 안에 오징어를 넣고 문어에게 주면, 문어는 결국 뚜껑을 돌려야 열린다는 것을 터득하고 쉽사리 오징어를 꺼내 먹는다. 한 학자는 실험실의 문어가 자기를 괴롭히는 뜨거운 조명에 먹물을 쏘아 전구를 깨뜨린 뒤 편안하게 잠을 잤다고 보고하기도 했다.

문어는 통아저씨도 울고 갈 만큼 유연한 몸을 가졌다. 유서 깊은 '뼈대 없는' 가문 태생인데다 몸속의 수분을 빼낼 수 있기 때문에 그 큰 덩치로 지름 1센티미터에 불과한 얇은 유리관(통이 큰 빨대 정도의 크기다.)을 통과할 수 있을 정도다. 또, 정교하게 연결된 신경계가 놀랍도록 잘 발달해 있기 때문에 온몸을 자유자재로 움직일 수 있다.

특히 문어 중에서도 흉내문어(mimic octopus)의 변신술은 너무나도 놀라워서 마치 공상 과학 영화의 특수 효과를 보는 것 같다. 흉내문어는 게, 해파리, 말미잘, 조개류, 바다뱀, 해마, 넙치, 라이언피쉬, 가오리 등 40여 종의 바다 동물로 변신할 수가 있는데 어찌나 감쪽

같던지 불과 10여 년 전에서야 수중 잠수부들에게 발각되어 세상에 알려졌다. 먹잇감에게 들키지 않고 다가가 잽싸게 사냥을 할 수도 있고, 천적조차 자신을 몰라보고 그냥 지나치니, 이 얼마나 신기하고 유익한 능력인가 말이다!

학교에서 다른 친구나, 미끄럼틀, 책가방, 기둥으로 변신할 수 있다고 생각해 보자. 집 열쇠를 두고 왔을 땐 열쇠로 변신하고, 차가 막히면 자전거나 오토바이로 변신해서 달리면 되고. 이건 뭐, 괴도 루팡도 울고 갈 변신술이다.

문어 Octopus

문어는 다리가 8개 있는 연체동물(오징어는 10개)로 다른 연체동물이나 갑각류를 먹고 산다. 위급한 상황이 되면 검은 먹물을 내뿜고 도망간다. 문어는 오징어와 마찬가지로 몸 색깔을 바꿔 상대방과 의사소통을 하는데, 흰색 계통은 공포, 붉은색 계통은 화가 났다는 것을 뜻한다. 변신술의 귀재, 흉내문어는 인도네시아 앞바다에 살고 있으며, 60센티미터 정도의 크기로 흰색과 갈색의 줄무늬가 있다.

8. 지체 발광 미끼로 낚시질을 하는 아귀

만화 영화 「니모를 찾아서」에는 니모 가족(흰동가리)과 단기 기억 상실증에 걸린 도리(블루탱) 외에도 다양한 바다 동물들이 등장한다. 도리와 함께 사랑하는 아들, 니모를 찾아 바닷속을 헤매던 아빠 말린은 캄캄한 곳에서 깜빡이고 있는 불빛 하나를 발견한다. 혹시 우리 니모가 저기에 있을까? 옆구리가 빠져라 온몸을 흔들어 도착한 그곳엔, 으악! 무시무시한 괴물 물고기가 이빨을 드러내고 있다. 바로 지구상에서 가장 못생긴 동물 중 하나로 꼽히는 아귀다.

아귀가 사는 곳은 저 깊은 심해. 보통 심해라 하면 200~300미터 깊이 이상을 말하는데, 그 아래로는 햇빛이 거의 들어오지 않으며 1,000미터 아래까지 내려가면 완벽한 암흑의 세계가 펼쳐진다. 한 치 앞도 보이지 않는 이 암흑세계에서 누가 살아갈까 싶지만, 나름의 방식으로 어둠에 적응해 살아가는 동물들이 있다. 아귀도 바로 그중 하나이다.

　심해 아귀는 움직임이 너무 느린 나머지 물고기를 쫓아다니며 사냥을 할 수가 없다. 사실 하루 종일 거의 움직이지 않고 지낸다고 보면 된다. 대신 이마와 등지느러미 사이쯤에서 돋아난 안테나 모양의 더듬이를 길게 늘어뜨리고 낚시질을 한다. 낚싯대 끝에서는 불빛이 깜빡거리고 있는데 암흑 속에서 흔들리고 있는 아귀의 불빛을 보면 마치 콘서트장의 야광봉을 보는 듯한 기분이 든다. 칠흑 같은 어둠 속에서 퍼지는 한 줄기 불빛을 보고 호기심이 안 생길 녀석이 있을까?

불빛에 이끌린 물고기가 '저건 뭐지?' 하고 접근하는 순간, 아귀는 커다란 입을 벌려 꿀꺽 하고 물고기를 삼켜 버린다. 그래서 아귀의 영어 이름은 '낚시하는 물고기'라는 뜻의 앵글러피쉬(Angler Fish)이다.

그나저나 아귀는 어떻게 빛을 만들어 낼까? 사실 이 빛은 아귀가 만드는 게 아니라 아귀의 몸에 기생하는 발광박테리아들이 만드는 것이다. 아귀의 더듬이 끝에는 반딧불이처럼 에너지를 이용해 스스로 빛을 내는 발광박테리아들이 모여 살고 있다. 덕분에 아귀는 낚시를 할 수 있고, 발광박테리아는 아귀로부터 영양분을 얻으니 서로서로 돕는 셈이다.

한편, 빛을 낼 수 있는 것은 암컷뿐이다. 아귀 수컷은 평생을 암컷에게 빌붙어 살기 때문에 사냥을 할 필요도, 즉, 빛을 만들 필요가 없다. 암컷에 비해 덩치가 유난히 작은 수컷은 암컷을 만나면 암컷의 배에 찰싹 붙어 기생충처럼 암컷의 몸에서 영양분을 얻는다. 내장 기관이나 눈은 쓸 일이 없으므로 퇴화되었고, 단지 하는 일이라고는 암컷에게 정자를 전해 주는 것뿐. 처음 아귀를 발견한 학자들이 암컷의 배에 붙어 있는 수컷을 암컷의 지느러미라고 생각했을 정도라니 말 다했다.

아귀처럼 아무도 없는 캄캄한 곳에서 외롭게 살기는 싫지만, 자체 발광하는 더듬이는 살짝 욕심이 난다. 콘서트를 보러 갈 때 굳이 야광봉을 살 필요도 없고, 팔에 쥐 나도록 열심히 손에 들고 흔들 필요도 없겠고 말이다. 아귀처럼 이마에 찰싹 붙여 두면 알아서 흔들 흔들 깜빡깜빡(대신 탈부착이 가능해야겠다.)! 밤길도 안 무섭고, 전등 켤 필요도 없으니 전기 요금도 줄일 수 있겠지?

아귀 Angler fish

아귀의 종류는 200종이 넘는다. 대부분 어두운 갈색에서 회색이고, 보통 20~30센티미터지만 가장 큰 종은 1미터나 되는 것도 있다. 몸에 비해 비정상적으로 큰 머리와 날카로운 이빨이 가득한 큰 입을 가지고 있다. 입도 크지만 위장도 커서 자기 몸 크기의 두 배나 되는 큰 먹이도 한 번에 삼킨다. 세계 곳곳의 바다에서 발견된다.

9. 자유자재로 몸 색깔을 바꾸는 카멜레온

오랜만에 만난 친구가 뾰로통하니 말이 없다. 오랫동안 연락을 안 해서 화가 났나? 아니면 그냥 기분이 울적한 건가? 말을 안 하니 도대체가 알 수가 없다. 우울한 건지, 화가 난 건지, 어쩐 건지 머리 위에다 "지금은 기분이 ○○○이야."라고 팻말이라도 써 붙여 놓으면 좋으련만. 그런데 이렇게 자기 기분을 온 사방에 광고를 하고 다니는 녀석이 이 지구상에 있다.

카멜레온은 피부색을 다양하게 바꿀 수 있는 동물로 유명하다. 하지만 '주변 배경에 맞춰 몸 색깔을 바꾼다'는 것은 잘못 알려진 사실이다. 엄밀히 말해서 카멜레온의 몸 색깔은 빛의 세기나 온도, 감정에 따라 바뀐다.

직접 빛이 닿는 부분은 피부색이 짙어지고, 빛이 약해지거나 온도가 떨어지면 색이 흐려져 창백한 모습이 된다(온도가 약 섭씨 25도 이상이면 짙은 색, 그 이하는 옅은 색이 된다.). 실제로 카멜레온 위에 그물을 쳐 두면 빛이 직접 닿는 부분은 짙은 초록빛, 그리고 그늘 진 부분은 옅은 초록빛이 되어 몸에 그물 무늬가 생긴다. 몸 색깔은 빛의 세기나 온도에 따라서 변하기도 하지만, 감정 변화에 따라 변하기도 한다. 의사소통의 중요한 수단인 셈이다. 예를 들어 싸움 중인 수컷 두 마리 중에서 이기고 있는 녀석은 점차 휘황찬란한 빛깔로 바뀌지만, 진 녀석은 우중충한 빛깔을 띤다. 화가 나면 검은색으로 변하고 짝짓기 시기가 되면 암수 각각 독특한 색깔을 띠기도 한다.

카멜레온의 또 하나 재미있는 능력은 사람과 달리 양쪽 눈을 따로따로 움직일 수 있다는 것이다. 카멜레온은 금붕어처럼 툭 튀어나온 양쪽 눈을 거의 360도로 따로따로 움직이면서 주위를 경계하거나 먹이를 찾는다. 그러다가 원하는 목표물을 찾으면 그제야 한 방

향을 바라본다.

우리도 카멜레온처럼 오른쪽 눈으로는 수학책을, 왼쪽 눈으로는 만화책을 볼 수 있다면 얼마나 좋을까? 공부 시간이 마냥 힘들지만은 않을 듯!? 또 순식간에 몸길이의 두 배나 되는 긴 혀를 발사해 먹이를 낚아채는 것은 어떻고? 양손에 아이스크림과 핫도그를 든 채로 저 멀리 친구가 먹고 있는 떡볶이까지 혀로 낚아챌 수 있다면 신나지 않을까? 혀가 그렇게 길면 좀 징그럽긴 하겠지만……

카멜레온 Chameleon

2~3센티미터인 작은 녀석부터 70~80센티미터에 이르는 큰 녀석까지 70여 종이 있다. 대부분 나무 위에 사는데 나뭇가지에 매달릴 수 있는 강한 꼬리와 집게 모양의 발을 가지고 있다. 주로 아프리카, 마다가스카르 등 열대 지역에서 산다. 심각한 멸종 위기에 처한 동물로 국가 간 상업적 거래가 금지된 상태지만 애완용으로 인기가 높은 탓에 밀렵과 밀거래가 끊이질 않고 있다.

10.
돌팔매질로 사냥을 하는 볼라스거미

옛날 서부 영화를 본 적 있는지? 의미심장한 음악이 깔리면서 주인공과 악당이 총 겨루기를 하는 장면도 명장면이지만, 밧줄을 던져 상대방을 쓰러뜨리는 모습도 아주 멋졌다. 흙먼지를 휘날리며 말을 달리던 주인공이 돌멩이가 달린 밧줄을 휘휘 돌리다가 던지면, 줄행랑 중이던 악당이 순식간에 바닥에 나동그라진다. 무거운 돌멩이로 인한 원심력 덕분에 온몸이 밧줄로 휘감겨 버린 악당은 꼼짝없이 정의의 심판대 앞에 무릎을 꿇는다.

거미 중에 이런 팔매질(작고 단단한 돌 따위를 손에 쥐고, 팔을 힘껏 흔들어서 멀리 내던지는 것)을 기막히게 잘하는 녀석이 있다. 바로 볼라스거미다. 볼라(bola)는 스페인어로 공(ball)을 뜻하는데, 남아메리카의 원주민이나 카우보이들이 끝에 쇳덩어리를 매단 밧줄을 던져 동물

을 잡을 때 썼던 도구의 이름이기도 하다. 이제 왜 이름이 볼라스거미인지 눈치챘겠지?

　대부분의 거미는 끈적끈적한 거미줄을 쳐 놓고 먹이가 걸리길 기다리지만, 볼라스거미는 거미집을 짓지 않고 먹이를 잡는다. 어떻게? 카우보이들이 동물을 잡을 때 사용했던 '볼라'를 만들어 팔매질을 하는 것. 볼라스거미는 거미줄을 뽑아 지름 2.5밀리미터 정도의 동그란 뭉치를 만든 후 가느다란 줄에 연결한다. 자, 멋진 사냥 도구는 만들어졌으니, 먹잇감을 기다리는 일만 남은 건가?

　볼라스거미가 제일 좋아하는 먹이는 나방이다. 짝짓기 철이 되면 암컷 나방은 수컷을 유혹하는 페로몬(동물이나 곤충이 서로 의사소통을 하기 위해 분비하는 물질)을 내뿜는데, 얼마나 나방을 좋아했는지 볼라스거미는 이 페로몬을 똑같이 흉내 내는 법을 배웠다. 느긋하게 볼라를 앞발에 늘어뜨린 채 페로몬을 내뿜고 있으면 수컷 나방들이 꼬이기 시작한다(덕분에 볼라스거미의 먹이는 대부분 수컷 나방이다.). 부푼 꿈을 안고 페로몬을 따라온 수컷 나방이 사정거리 안에 들어오면, 휘리릭~ 순식간에 볼라를 휘둘러 찰싹~ 나방을 때려잡는다. 낚시꾼들이 낚싯대를 던지는 모습과도 비슷해서 낚시꾼거미라고도 불린다.

우리 몸에서도 이런 끈적끈적한 줄이 나와 멋지게 팔매질을 할 수 있다면, 귀찮은 잔심부름도 안 해도 되고 참 좋을 텐데.

"○○야, 물 좀 가져와라."

"휘리릭~ 찰싹. 아빠, 여기 있어요."

무적의 끈끈이 팔매질로 앉은 자리에서 모든 걸 끌어올 수 있을 테니 말이다.

볼라스거미 Bolas spider

세계적으로 60여 종이 있다. 암컷의 크기는 15밀리미터, 수컷은 2밀리미터로 훨씬 작다. 어떤 종은 생김새가 꼭 새똥 같아서 활동하지 않는 낮 시간에도 숨어 있을 필요가 없다. 또, 달팽이 껍질을 닮은 종도 있다. 미국, 아프리카, 오스트레일리아에 산다.

11.
꽃보다 아름다운 꽃잎사마귀

 "띵호와~" 중국 무술 중에 당랑권이라고 있다. 먼 옛날 한 무인이 잽싼 공격으로 매미의 숨통을 끊는 사마귀의 모습에서 영감을 얻어 개발한 권법인데, 우리말로 번역하자면 사마귀 권법인 셈이다. 잠깐 따라해 볼까. 먼저 만세 자세를 취한다. 그 상태에서 팔꿈치를 90도 각도로 굽혀 아래로 내린다. 손바닥 역시 아래로 향하게 손목을 최대한 꺾은 뒤 손가락이 양 바깥쪽을 향하게 하면 일단 당랑권 기본자세를 갖춘 셈이다(이때 주먹을 쥐면 안 된다. 손바닥을 펴 줘야 제대로 폼 난다). 이 자세가 바로 사마귀가 상대방을 위협할 때 취하는 자세다. 더 큰 적이 나타났거나 긴박한 순간일수록 팔꿈치를 펴서 동작을 크게 하면 된다. 아뵤오~ 다 덤벼!

 낫처럼 날카롭고 커다란 앞발, 우주 괴물을 연상케 하는 역삼각

형 얼굴, 곤충계의 얼큰이 메뚜기를 좌절하게 만드는 작은 얼굴(10등신은 족히 넘을 듯)과 날렵한 몸매. 곤충답지 않은 긴 목은 또 어떻고. 사마귀는 곤충 중에서 유일하게 고개를 돌려 뒤를 볼 수 있는 녀석이다. 간혹 고개를 360도 회전시킬 수 있다는 말이 떠돌곤 하지만 정확하게는 180도이며 정교하게 발달된 눈 덕분에 300도 정도까지는 시야를 확보할 수 있다. 어쨌든 그 덕분에 수많은 사진 속의 사마귀들이 몸은 고정시킨 채 카메라 렌즈를 향해 얼굴만 돌린 모델 포즈를 취할 수 있었던 것.

이렇듯 무시무시한 생김새와 자기보다 몸집이 큰 작은 포유동물까지도 잡아먹는 포악한(?) 식성 덕분에 사마귀는 별로 사랑받지 못하는 곤충에 속한다. 하지만 사마귀 중에도 그야말로 '꽃보다 아름다운' 녀석이 있으니, 꽃잎사마귀(*Hymenopus coronatus*)라는 이름을 가진 이 녀석은 서양란에 피는 화려하고 아름다운 꽃과 얼마나 똑같이 생겼던지 꽃 사이에 올려 두면 못 알아보고 그냥 지나칠 정도다. 꽃잎인 줄 알고 곤충들이 경계심 없이 접근할 테니 사냥을 하기도 쉽고, 자신을 잡아먹으려 혈안이 되어 있는 천적들의 눈도 피할 수 있으니 일석이조(一石二鳥)인 셈. 이밖에도 마치 등에 나뭇잎을 업고 다니는 듯한 모습을 한 사마귀 종류도 있는데, 환경에 따라 돌돌 말린 나뭇잎, 넓적한 나뭇잎 등 그 모양새가 천차만별이다. 특히 바닥에 떨어진 낙엽과 꼭 닮은 낙엽사마귀(*Deroplatys desiccata*)는 벌레 먹거나 썩어서 낙

어머!
이뻐라~
내 사랑을
받아줘요.

엽의 귀퉁이가 닳은 것까지 완벽하게 따라한다. 무술도 잘하는 녀석
이 변장술까지 뛰어나다니, 정말 곤충계의 챔피언이라 부를 만하다.

사마귀 Praying mantis

세계적으로 약 2,000종이 있다. 곤충이나 개구리에서부터 뱀이나
작은 새까지 잡아먹기도 한다. 몸 색깔은 주변 환경에 적응해 녹색과
갈색인 경우가 많다. 암컷은 교미 중에 수컷을 잡아먹는 습성이 있다.
우리나라에도 4종이 있다.

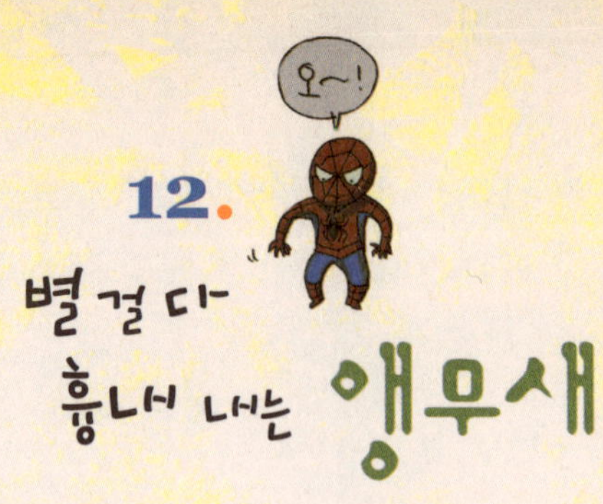

12. 별걸 다 흉내 내는 앵무새

인터넷에 떠도는 앵무새 동영상을 보고 있으면 "으악, 신기해!" 하는 탄성이 절로 나온다. 펭귄, 사자, 침팬지, 고양이 등 수십 종의 동물 울음소리를 흉내 내는가 하면, 전화벨이 울리자 주인 목소리로 "여보세요." 하기도 하고, '북치기박치기' 비트박스를 하거나 콧소리를 섞어 가며 트로트를 부르는 녀석도 있다. 성대모사의 지존이 따로 없다. 앵무새처럼 무슨 소리든 흉내 낼 수 있다면, 학교 축제뿐 아니라 텔레비전 예능 프로에서도 인기 만점일 텐데!

우선 첫 번째 궁금한 점. 앵무새는 아무 생각 없이 소리만 흉내 내는 걸까? 아니면 의미까지 이해하고 상황에 따라 적절하게 선택해서 사용할 수도 있는 걸까? 미국 애리조나 대학교의 아이린 페퍼버그 박사는 1977년부터 30년 동안 아프리카회색앵무, '알렉스'에게 말을 가르쳤다. 알렉스는 결국 100가지가 넘는 물건들을 구별했고, 7가지 색깔, 그리고 5가지 모양을 구분했다. 숫자도 '6'까지 셀 수 있었다.

똑같은 크기의 물건을 주고 "가장 큰 게 뭐니?" 하고 물으면 "없어.", 파란 열쇠 2개와 빨간 열쇠 2개를 보여 주면서 "파란 열쇠는 몇 개지?"라고 물으면, "2개", "이 열쇠들이 다른 점은 무엇일까?"라고 물으면, "색깔"이라고 대답했다. "미안해.", "보고 싶어.", "돌아와.", "내일 봐.", "사랑해."와 같은 말들을 상황에 맞게 사용할 줄 알았던 알렉스

는 안타깝게도 2007년 9월 10일, 서른한 살의 나이로 세상을 떠났다. 두 번째로 궁금한 점. 어떻게 앵무새는 복잡한 소리들을 똑같이 따라할 수 있는 걸까? 새들은 사람의 성대에 해당하는 울대를 가지고 있는데, 앵무새의 울대는 다른 새들에 비해 사람의 성대와 많이 비슷하다. 그리고 근육이 잘 발달된 긴 혀가 울대에서 나오는 소리를 자유자재로 조절할 수 있게 해 주며, 3~6살 어린아이와 맞먹는 지능과 야생에서 수백 마리씩 무리지어 살면서 갖추게 된 높은 사회성도 한몫을 한다. 앵무새는 친구들과 끊임없이 대화하고 서로 털을 골라 주며 사이좋게 지내는데, 사람과 함께 살게 되면 '사람'을 바로 그 '친구'로 생각하는 것이다.

앵무새로서는 지저귈 줄도, 날 줄도 모르는데다, 오색찬란한 깃털은커녕 머리 꼭대기를 빼곤 온몸이 털 뽑힌 닭 같은 우리 인간이 괴물로 보일 법도 하건만, 끊임없이 인간의 말에 귀 기울이고 배우면서 대화를 나눠 보려 노력한다. 그 예쁜 마음을 헤아려 본다면, 이제부터라도 앵무새에게 좀 더 다정하게 굴어야 할 듯.

참, 앵무새가 사람의 말을 배울 수 있다는 것은, 곧 개, 돼지, 소, 말의 울음소리도 배울 수 있다는 말이고, 결국 앵무새가 동물들의 '언어'와 우리의 '언어' 사이에 다리 역할을 해 줄 수도 있다는 뜻이다. 앵무새의 통역으로 동물들과 대화를 나누고, 동물들의 생각을 알 수 있게 된 세상은 어떤 모습일까?

앵무새 Parrot

앵무새는 세계적으로 350여 종이 있다. 모든 앵무새가 말을 배울 수 있는 것은 아니며 앵무새의 말하는 능력은 나이, 성격, 사육자가 새를 대하는 태도나 새와의 관계, 교육 방법 등에 따라서도 달라진다. 예를 들어 사육자가 사랑과 관심을 쏟으면서 친구처럼 키우는 경우가 훨씬 더 말을 잘 배운다. 가까이 두고 엄마가 아이를 대하듯 그때그때 상황에 맞게 말을 건네다 보면 훨씬 더 똑똑한 새로 키울 수 있다. 원래 앵무새는 무리를 지어 살아가는 동물이기 때문에 한 마리씩 새장에 가두어 키울 경우 외로움 때문에 자기 털을 뽑으며 자학하거나 죽기까지도 한다는 사실을 잊지 말자.

13. 물 안과 밖 모두에서 사는 망둥어

　영화 「워터월드」는 지구 온난화로 극지방의 빙산들이 모두 녹으면서 해수면이 급격히 높아진 탓에 육지가 사라진 지구의 먼 미래를 그리고 있다. 땅 위에 발을 딛고 살던 인간이 망망대해 바다 위를 떠돌며 살고 있으니, 정말이지 그 삶은 끔찍하기 짝이 없다. 그러나 언제나 그렇듯이, 고독한 영웅이자 영화의 주인공인 마리너의 삶은 그다지 힘들어 보이지 않는다. 왜일까? 환경에 맞게 진화한 마리너에게는 아가미가 있기 때문이다. 즉 물 밖에서는 다른 사람들처럼 폐로 숨을 쉬고 물속에서는 물고기처럼 아가미로 숨을 쉬니, 물 밖과 물속 모두에서 자유자재로 살아갈 수 있는 것이다. 자, 비록 영화이긴 하지만, 물속에서 사는 사람 이야기가 나왔으니, 이제는 반대로 물 밖에 나와 사는 진짜 물고기 이야기를 해 볼까?

몇 년 전 태국 맹그로브(바닷가에서 자라는 나무) 숲에 갔다가 재미
있는 녀석을 만났다. 물 밖에 나와 있는 물고기 한 마리. 사람들은 저
러다 죽겠다며 아우성이었지만 정작 당사자는 인어공주 놀이라도 하
듯 꼬리 끝을 살짝 물에 담근 채 여유를 부리고 있었다. 심지어 조금
후에는 보란 듯 나무를 기어오르기까지 했다. 물고기 맞아?

이 녀석의 이름은 망둥어, 영어로는 mudskipper라고 하는데 마
치 앞다리처럼 보이는 가슴지느러미를 이용해 질퍽한 진흙(mud) 위
를 걷거나 폴짝폴짝 뛰면서(skip) 잘도 돌아다니기 때문에 붙은 이름
이다. 나무는 물론 돌 위를 기어 올라가는 녀석도 있다. 사실 생긴 것
도 귀엽다. 통통하고 짧은 몸통에 짧은 앞다리(정확하게는 가슴지느러미
지만), 둥그렇게 툭 튀어나온 선해 보이는 눈, 뿔룩한 뺨.

망둥어는 어류에 속하지만, 모르는 사람이 보면 죽기로 작정한
물고기라 생각될 만큼 심심하면 물 밖으로 뛰쳐나온다. 물속에서만
살아가는 다른 물고기들 눈에는 이런 망둥어가 부러워 보이지 않을
까?

"엄마 나도 쟤 따라서 물 밖에 나가면 안 돼?"

"안 돼, 우린 물고기라서 물 밖에 나가면 숨 막혀 죽는다고."

"그럼 쟤는 왜 안 죽어?"

물고기는 아가미로 호흡한다. 아가미 속에는 아주 가는 그물망
이 엄청나게 퍼져 있어서 물속에 녹아 있는 산소를 손쉽게 빨아들

여 체내로 공급한다. 하지만 아가미는 물이 없는 곳에서는 쓸모가 없다. 그렇다면 망둥어는 물 밖에서 어떻게 숨을 쉬는 것일까? 망둥어는 물 밖으로 나올 때 아가미 속에 있는 주머니에 물을 채운다. 이렇게 하면 땅 위에 있는 동안 아가미가 마르지 않아서 계속 숨을 쉴 수 있으며, 이 상태로 22~60시간 정도를 물에 들어가지 않고도 지낼 수 있다고 한다. 반대로 밀물로 갯벌이 물에 잠겨 진흙 아래 굴속으로 들어가야 할 때는 아가미 주머니 안에 공기를 채워 굴 안으로 들어간 뒤 방 안에다 저장해 둔다. 우리나라에서도 서해안이나 남해

안의 갯벌에서 썰물 때 갯벌 바닥을 폴짝폴짝 뛰어다니는 망둥어의
모습을 볼 수 있다.

망둥어 Mudskipper

세계적으로 2,000종이 있는데, 아프리카, 인도, 중국, 일본, 인도네시아,
오스트레일리아, 한국 등 열대와 아열대 해안 지역에 분포한다. 대부분은
몸길이가 10센티미터 이하지만, 그 이상으로 크게 자란 녀석들도 간혹
발견된다. 태어나서 1개월 정도 지나면 물속과 물 밖 이중생활을
시작한다. 밀물일 땐 물속에 있지만, 썰물이 되면 갯벌 위로 올라와
활동한다. 갯벌 1미터쯤 아래 U자 모양으로 굴을 파고 살면서 알을
낳는다. 게와 갯지렁이 등 갯벌에 사는 작은 동물을 먹고 산다.

14. 기온에 따라 성별이 결정되는 악어

"여보, 이번엔 모조리 아들만 태어날 것 같아요."

"날씨가 이렇게 더워서야, 원. 조금만 시원했어도 아들, 딸 한꺼번에 성공하는 건데."

엥? 어째 대화가 이상하다. 태어날 아기의 성별이 기온과 무슨 상관이 있다고. 하지만 사람이 아니라 '악어 세계'에서는 전혀 이상할 게 없는 대화다. 사람은 성염색체(성별을 결정하는 유전 물질)에 의해 성별이 결정되지만(여자=XX, 남자=XY), 악어는 부화할 때의 '온도'에 따라 성별이 정해지기 때문이다.

부화할 때의 온도가 약 34도보다 높으면 모두 수컷, 30도보다 낮으면 모두 암컷이 태어나고, 그 사이인 30~34도에서는 암컷과 수컷, 둘 다 태어날 수 있다. 과학자들은 온도에 따라 분비되는 호르몬에 변화가 생기기 때문에 성별이 바뀌는 것으로 보고 있다. 바다거북도 온도에 따라 성별이 결정되는데, 단, 악어와는 반대로 30~35도의 높은 온도에서는 암컷이, 20~22도에서는 수컷이 태어난다.

한편, 최근 오스트레일리아 사막에 사는 턱수염도마뱀(bearded dragon)은 성염색체(수컷=ZZ, 암컷=WZ)가 있음에도 불구하고 온도에 따라 새끼의 성별이 달라진다는 사실이 밝혀졌는데, 유전자와 온도가 동시에 성별에 영향을 미치는 경우라 크나큰 화제가 되었다.

이 녀석들도 바다거북처럼 온도가 높을수록 암컷이 더 많이 태어난다. 34~37도에서는 16:1의 비율로 암컷이 주로 태어나고, 그 아래인 22~32도 사이에서는 반반으로 태어난다. 기온이 높아질수록 원래 수컷이었던 새끼들이 암컷으로 변하는 것이다. 즉, 새끼의 성별을 결정하는 것은 부모로부터 물려받은 성염색체지만, 온도가 최종 영향력을 행사한다는 이야기.

이 파충류 녀석들, 온도에 따라 아들, 딸을 결정할 수 있다니 부럽기도 하다만, 최근 들어 큰 문제가 되고 있는 지구 온난화가 앞으로도 계속된다면 모조리 수컷만, 혹은 모조리 암컷만 태어나게 될지도 모르겠다. 그럼 더 이상 번식을 하지 못해 멸종에 이르는 비극이 벌어질지도…….

악어 Crocodile

약 23종이 있다. 먹이는 각종 포유류, 물새, 물고기 등으로 물속에서 물을 마시러 오는 동물을 기다렸다 잡아먹는다. 마른 풀로 둥지를 만들어 20~30개의 알을 낳으며, 부화할 때까지 어미가 보호한다. 아시아, 아프리카, 아메리카, 오세아니아의 강, 호수, 습지에 산다.

15. 몇 달 동안 물 안 먹고도 사는 캥거루쥐

　수풀 속에서 쥐가 한 마리 나타났다. 걸음아, 나 살려라, 네발로 도망가는 모습을 기대하고 있었는데 뒷발을 모으고 일어서더니 폴짝폴짝 뛰어 간다. 어라? 분명 쥐였는데 어째 하는 짓은 캥거루네? 저렇게 작은 캥거루도 있었나?

　북아메리카 사막에 가면, 유난히 긴 뒷다리로 뛰어다니는 쥐가 있다. 캥거루처럼 뒷다리 힘이 좋아 10여 센티미터밖에 안 되는 작은 체구임에도 불구하고 최고 2미터까지 뛰어오를 수 있다. 뛰는 모습이 캥거루를 닮아 캥거루쥐라는 이름이 붙었지만, 사실 캥거루랑은 아~무 상관없는 그냥 '쥐'다. 8등신이니 9등신이니 해 가며 작은 얼굴을 외쳐 대는 세상이지만, 캥거루쥐는 몸에 비해 유난히 큰 얼굴을 가진 덕분에 사랑받는 동물이기도 하다. 무겁지 않을까 싶을 만큼 커다란 얼굴, 만화 영화 「슈렉」에 나오는 고양이처럼 크고 촉촉한 눈, 동그랗고 커다란 귀, 양 앞발을 다소곳이 모으고 서 있는 모습을 보면 '살아 있는 미키마우스'가 따로 없다.

캥거루쥐가 사는 곳은 아주 건조한 사막이다. 적당량의 물을 마시지 못하면 죽고 마는 다른 동물들과 달리 캥거루쥐는 물 없이도 잘만 산다. 이 분야에 기네스 기록이 생긴다면 45일 이상을 물 없이 버틴다는 낙타를 제치고 단연 1등감이다.

물 안 먹고도 사는 게 뭐가 그리 신기할까 싶겠지만, 생각해 보자. 늘 주변에 있다는 이유로 산소의 소중함을 잊고 살 듯, 물에 대해서도 마찬가지인 것 같다. 사람의 몸은 70~80퍼센트가 물로 이루어져 있다. 체온을 유지하는 것부터, 산소와 영양분을 온몸 구석구석으로 보내고 복잡한 신체 기관들이 맡은 바 역할을 다할 수 있게 하는 것도 바로 혈액(물)이다. 그래서 음식은 몇 주씩 안 먹고도 살 수 있지만 물 없이는 며칠조차도 버티기 힘들다.

물이 없는 곳에 적응해야 했던 캥거루쥐는 안 먹고 안 싸기 작전을 택한 것 같다. 놀라운 콩팥을 가진 덕분에 캥거루쥐의 오줌은 사람에 비해 다섯 배 이상 진하다. 모든 포유동물 중에서 제일 진한 오줌을 만들고 그 양도 하루에 겨우 몇 방울 정도에 불과하다(성인의 하루 소변양은 1.8~2리터이다.). 이처럼 소변으로 빠져나가는 수분이 거의 없으니 굳이 물을 자주 마시지 않아도 몸 안에서 필요로 하는 물의

사부님
목 말라요.
눈물도
흘리지마!

양이 계속 유지될 수 있는 것이다.

1분 1초도 아까운 시험 직전, 「반지의 제왕」과 같은 상영 시간이 기나긴 영화를 보기 직전, 중간에 화장실을 안 가려고 여러분도 물 먹는 것을 꾹 참은 적이 있진 않은지? 물론 그래 봤자 캥거루쥐 발끝에도 못 미칠 정도지만.

20여 종이 알려져 있다. 몸길이가 겨우 10~20센티미터에 몸무게도 35~180그램에 불과한 아주 작은 동물이다. 몸길이만큼 긴 꼬리 끝에는 귀여운 털 뭉치가 달려 있다. 낮에는 키 작은 덤불이나 동굴 안에 숨어서 열기를 피하다가 밤이 되면 활동을 시작하는 야행성 동물이다. 캐나다, 미국, 멕시코의 건조한 초원이나 사막에 산다. 씨앗, 식물의 싹, 잎, 줄기, 열매와 곤충을 먹고 산다. 먹이를 구하기 힘든 때를 대비해 비밀 장소에 식량을 모아 두기도 하는데, 지름이 25센티미터 정도 되는 여러 개의 저장 창고 안에 6킬로그램이나 되는 먹이를 숨겨 둔 녀석에 대한 기록도 있다. 볼 안에 큰 주머니가 있어서 이곳에 먹이를 넣어 창고까지 배달하는데 앞발로 입 속의 먹이를 다 꺼내면 볼은 다시 홀쭉해진다.

16. 자식을 위해 옥살이도 마다않는 큰코뿔새

베수비오 산의 화산 폭발로 순식간에 화산재와 용암에 뒤덮여 최후를 맞게 된 고대 로마 제국의 항구 도시 폼페이. 1,700년이 흐른 후 학자들에 의해 폼페이가 다시 땅 위로 모습을 드러냈을 때, 사람들은 그날의 참상에 몸서리칠 수밖에 없었다. 특히나 많은 사람들의 눈시울을 적신 것은 마치 뜨거운 용암으로부터 갓난아기를 보호하려는 듯 온몸을 웅크려 가슴에 아기를 품고 죽은 어머니의 모습이었다. 고슴도치도 제 자식은 귀여워한다고, 인간뿐만이 아니라 동물 세상에도 이러한 감동적인 부성애와 모성애가 가득하다.

이번에는 자식을 위해 '스스로 나무 속에 갇혀 버리는' 큰코뿔새 부모의 이야기를 해 볼까 한다. 큰코뿔새라는 이름은 부리 위에 얹힌 근사한 뿔 때문에 생겼다. 케라틴이라는 가벼운 물질로 만들어진 이

뿔은 우렁찬 울음소리를 내는 역할을 한다. 큰코뿔새는 외모 못지않게(멋진 뿔과 깃털을 갖고 싶어 하는 사람들 때문에 멸종 위기에 처했을 만큼 근사하다.) 자식을 위해 희생하는 마음도 아름다운 새다.

알을 낳을 때가 되면 엄마 큰코뿔새는 속이 빈 나무를 찾아 그 안으로 들어간다. 그리고 부리만 겨우 내밀 수 있을 정도의 작은 구멍만 남긴 채 배설물, 나무껍질, 진흙 등을 이용해 입구를 막아 버린다. 자, 이제 엄마 큰코뿔새는 나무 속에 완전히 갇힌 신세가 되어 버렸다. 왜 스스로를 좁은 감옥 안에 가두는 것일까? 그 속에 갇혀 있으면 다른 새나 뱀, 원숭이 같은 천적들로부터 알이나 새끼를 안전하게 지킬 수 있기 때문이다.

"여보, 깜깜하고 비좁은 곳에서 잘 견뎌낼 수 있겠소?"

"참을 수 있고말고요. 사랑하는 아이들을 위해서라면 이까짓 고생쯤이야."

나무 안에서 큰코뿔새 엄마는 보통 두 개의 알을 낳는데 새끼가 태어날 때까지는 40~50일이나 기다려야 한다. 날개 한 번 마음대로 펴지 못하고, 햇빛 한 번 제대로 쬐지 못하는 동안 엄마 큰코뿔새는 비행용 깃털이 빠져 날 수도 없게 된다.

그 사이 아빠 큰코뿔새는 옥살이 중인 엄마 새를 위해 끊임없이 먹이를 날라 온다. 만약 아빠 큰코뿔새가 밀렵꾼들에게 잡혀 죽기라도 하는 날이면, 엄마 새는 그 안에서 죽을 수밖에 없다. 구멍을 뚫고 나온다 해도 비행용 깃털이 없으니 나무 아래로 추락할 게 뻔하다.

약 50일 후, 새끼가 태어난 후에도 엄마 새는 여전히 갇혀 지내야 한다. 두세 달이 더 지나 새끼들이 무럭무럭 자라 둥지가 비좁아지기 시작하면 그제야 엄마 새는 벽을 허물고 둥지 밖으로 나온다(이때쯤이면 비행용 깃털이 새로 돋아나 날 수 있다.). 무려 네 달 만에 보는 세상이지만, 엄마 새는 바로 일을 시작한다. 아직 날지 못하는 어린 새끼를 숨기기 위해 다시 구멍을 막은 후, 아빠 새와 함께 먹이를 구하러 다닌다. 사랑하는 새끼에게 강한 날개가 생길 때까지 말이다.

네 달을 어둠 속에 갇혀 사는 엄마 큰코뿔새, 그리고 쉴 새 없이 먹이를 날라 주는 아빠 큰코뿔새. 사랑하는 자식을 위해서가 아니라면 그 누가 이런 초능력에 가까운 참을성과 사랑을 발휘할 수 있을까.

큰코뿔새 Great hornbill

코뿔새는 세계적으로 50여 종이 있는데 그중 가장 큰 녀석이 바로 큰코뿔새다. 몸길이는 1.5미터로 그중 꼬리가 3분의 1을 차지한다. 양 날개를 편 길이는 약 1.8미터로 황금빛의 커다란 부리와 검은 깃털이 특징이다. 무화과 열매를 가장 좋아하지만, 때로 작은 포유동물, 도마뱀, 뱀, 곤충을 먹기도 한다. 수명은 사육 상태에서는 50년 정도. 레드 리스트(Red List, 정식 명칭은 '멸종 위기에 처한 동식물 보고서'이다. 세계 자연 보호 연맹(IUCN)이 2~5년마다 한 번씩 발표한다.)에 등재되어 있는 멸종 위기 동물이다. 인도, 인도네시아, 수마트라, 말레이시아 등의 열대 우림에 산다.

17. 다섯 달 동안 잠만 자는 고슴도치

　아이고, 추워라. 날씨가 너무 추워 꼼짝도 하기 싫을 때면 '나도 겨울잠이나 잤으면……' 하는 생각이 문득 들곤 한다. 대신 잠으로만 허비하기에는 시간이 너무 아까우니까, 겨울에는 잠에 '올인'하고 여름에는 한 숨도 안 잘 수 있으면 좋겠다는 생각도 함께 말이다. 하지만 아무리 피곤해도 연이어 24시간 자는 것조차 쉽지 않으니 겨울잠은 무리지 싶다.

　영화 「제5원소」에서는 여름 휴가차 우주선에 탄 남자 주인공이 수면실에서 잠들었다 깨자 다른 은하계 행성에 도착해 있는 장면이 나오고, 영화 「에일리언」의 주인공들도 길고 긴 우주여행 동안 수면 캡슐 안에서 보낸다. 죽은 듯이 자다 깨어나면 몇 주 혹은 몇 달에 이르는 길고도 지루한 여행이 끝나 있다. 얼마나 멋진 일인지!

이렇게 영화에서처럼 몇 달씩 잠만 자며 시간을 보내는 동물이 있으니, 개구리, 뱀, 도마뱀, 거북 등의 양서류나 파충류뿐만 아니라 고슴도치, 다람쥐, 박쥐도 동면을 한다. 특히 고슴도치 하면 흔적만 남은 짧은 다리와 가시 돋친 몸매가 제일 먼저 떠오르지만 앞으로는 겨울잠의 달인이란 사실도 기억해 두어야겠다.

고슴도치는 일단 겨울잠에 들어가면 이듬해 봄이 될 때까지 최대 5개월 동안 절대 깨는 법이 없다. 잠을 잔다기보다는 죽은 듯한 '가사 상태'에 빠졌다는 말이 더 옳다. 그만큼 먹지도 깨지도 않고 깊게 잠만 잔다는 뜻인데, 도대체 왜 겨울잠을 자는 걸까? 추운 겨울에 체온을 따뜻하게 유지하기 위해서는 에너지가 많이 필요하다. 그러려면 더 많이 먹어야 하는데, 꽁꽁 얼어붙은 땅에서는 먹을 것을 찾을 수가 없다. 그래서 에너지를 최대한 적게 사용하고 아끼기 위해 움직이지도 않고 죽은 듯 잠을 자는 것이다.

게다가 어라? 추워졌네? 오늘부터 겨울잠이다! 결심했다고 해서 당장 잘 수 있는 게 아니다. 고슴도치는 늦가을부터 평소보다 더 열심히 먹어 살을 찌운다. 체지방은 고슴도치를 추위로부터 지켜 주는 것은 물론 겨울잠을 자는 동안 생명을 유지해 주는 에너지원이기도 하기 때문에 매우 중요하다. 나무 구멍 속에서 곯아떨어진 고슴도치의 몸 안에서는 신기한 일들이 일어나기 시작한다. 겨울잠을 자는 동안에는 필요치 않은 신체 기관들이 줄어들고, 1분에 188번 뛰던 맥박이 21번으로 떨어진다. 평소 때는 1분에 40~50번이던 호흡도 2~5번으로 줄어든다. 모두가 에너지를 최대한 절약하기 위해서이다. 이때 고슴도치를 깨우는 것은 매우 위험하며, 겨울잠에서 깬 직후에도 빨리 원기를 회복하지 않으면 목숨이 위험할 수 있다. 그리고 애완용 고슴도치의 경우 주변 환경을 따뜻하게 해 줘서 동면을 못 하도록 해야 한다. 야생의 고슴도치와 달리 충분히 체지방을 쌓아 두지 않은 상태에서 동면에 들어가면 생명이 위태로워질 수 있기 때문이다.

고슴도치가 가진 이런 능력의 비밀을 밝혀낸다면 인간의 삶에 여러 가지로 도움이 될 수 있다. 심각한 병에 걸렸거나 상처를 입은 사람들을 치료 기술이 발달할 때까지, 혹은 일시적으로 동면 상태에 둬서 생명을 구할 수도 있고, 비행기로 10시간 넘는 먼 곳도 잠에 빠져 있으면 지루함 없이 잘 버틸 수 있다. 실제로 미국 항공 우주국에서는 공상 과학 영화에서처럼 장기간 우주여행을 할 때 우주비행사들을 동면 상태에 두는 것을 연구 중이라고 한다.

고슴도치 Hedgehog

5,000여 개나 되는 2~3센티미터 길이의 가시가 온몸을 뒤덮고 있고, 적을 만나면 몸을 동그랗게 말아 밤송이로 변신, 위기를 모면한다. 숲 속에 살며 거의 야행성이다. 일본을 제외한 아시아 전역, 유럽, 아프리카에 넓게 분포되어 있는 포유동물이다. 모든 야생 고슴도치들이 동면에 들어갈 수 있지만, 기온, 먹이의 양 또는 종에 따라 조금씩 다를 수 있다.

18.

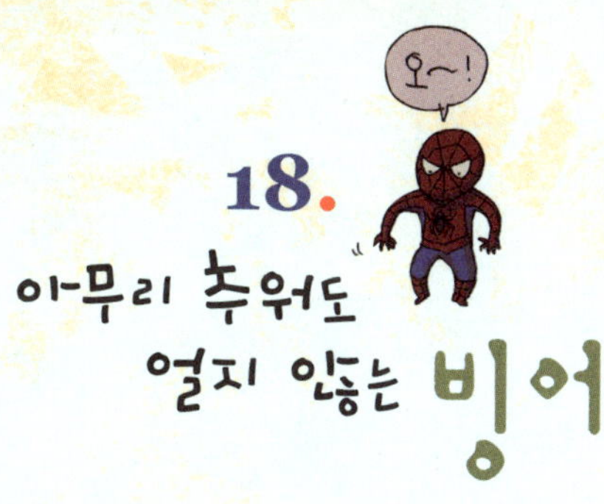

아무리 추워도 얼지 않는 빙어

한겨울, 얼음물에 손 넣어 본 사람? 잠깐만 담그고 있어도 손가락이 떨어져 나갈 지경이니 그런 물속에 들어가 오래 숨 참기 같은 내기라도 했다가는 목숨을 부지하기 힘들지 싶다. 더 추운 곳으로 가 볼까? 연평균 기온이 영하 55도라는 남극. 얼음까지 둥둥 떠다니는 바닷속에 사는 물고기들은 어떻게 얼어 죽지 않고 사는 걸까? 고래처럼 두꺼운 지방층이 있는 것도 아니고 펭귄처럼 털이 있는 것도 아닌데 말이다.

신체의 일부가 얼어 몸속에 있는 물이 얼음 결정으로 변하면 조직이 파괴되어 더 이상 제 역할을 할 수가 없다. 냉장고 안쪽에서 얼어 버린 과일이나 야채들을 아무리 잘 녹여 봐야 물러져서 먹을 수 없는 것과 마찬가지이다. 또, 손이나 발이 동상에 걸려 아예 잘라 낼

수밖에 없었던 산악 등반가들의 이야기처럼, 우리 몸은 일단 얼고 나면 더 이상 살아 있는 건강한 몸이 아니다.

물고기는 사람과 달리 얼음물 속에서도 얼지 않는데 몸에서 천연 부동액, 정확히 말해 부동 단백질(antifreeze protein)이 분비되기 때문이다('부동(不凍)'이라는 말은 '얼지 않는다'는 뜻이다.). 추운 겨울, 자동차의 냉각수가 어는 것을 막기 위해 사용하는 '부동액'을 떠올려 보면 이해가 쉬울 것 같다.

이 단백질은 물이 얼음으로 변하는 것을 막아 주는 역할을 한다. 액체 상태로 신나게 운동을 하고 있던 물 분자들은 온도가 영하로 내려가면 움직임을 멈추고 서로 엉겨 붙으려는 성질이 있다(즉, 얼음 덩어리가 되는 것). 그런데, 이 부동 단백질이 물 분자들을 에워싸서 서로 붙는 것을 막다 보니, 결국 얼음이 되지 못하는 것이다.

이미 많은 사람들이 물고기의 이런 놀라운 능력을 인간 세상에 적용하기 위한 연구를 시작했다. 과학자들은 이 부동 단백질을 이용해서 얼지 않는 농작물을 만들거나, 사람의 장기나 혈액을 조직 파괴 없이 저온에서 보존하는 일이 가능해질 거라 기대한다. 실제로 얼마 전 일본에서는 빙어의 몸에서 부동 단백질을 채취하는 데 성공했다. 하지만 워낙 양이 적고 비싸다 보니 아직 실생활에까지 응용되지는 못하고 있다.

이 부동 단백질을 이용하면, 정말 냉동 인간의 꿈을 이룰 수 있을지 모른다. 산악인들은 더 이상 동상을 걱정할 필요가 없고, 한겨울에도 신선한 과일과 채소를 먹을 수 있는 비결이 물고기의 몸 안에 있다.

바다빙어목 바다빙어과의 바닷물고기. 세계적으로 10여 종이 있다. 전체 길이 20~40센티미터로 길고 가늘게 생겼다. 겨울철 낚싯감으로 인기가 좋고, 맛이 좋아 회나 튀김으로 많이 먹는다. 대서양과 태평양에 살고 알을 낳기 위해 강을 거슬러 올라온다.

19. 입으로 새끼 낳는 개구리

배가 남산만 해진 개구리가 입을 쩍 하고 벌리니 그 속에서 조그마한 개구리들이 와글와글 쏟아져 나온다. 동화에나 나올 법한 이야기라고? 과학 시간에 배운 바에 따르면 개구리는 당연히 알을 낳고, 이 알이 올챙이로 부화한 다음, 뒷다리가 쏘옥~ 앞다리가 쏘옥~ 나온 뒤에 폴짝폴짝 개구리가 되는 거니까 말이다. 알이 아닌 개구리를 낳는다는 것도 그렇지만 "입(식도)"으로 새끼를 낳는다니 상상력이 너무 지나쳤다 싶다. 그런데 정말 이런 개구리가 있다.

가스트릭브루딩개구리도 다른 개구리들처럼 체외 수정(몸 안이 아닌 몸 밖, 즉 물속에다 정자와 난자를 뿌려 수정이 되게 하는 법)을 한다. 그러고는 기껏 수정시켜 놓은 알들을 모두 삼켜 버린다. 으악! 자기 새끼들을 잡아먹다니? 세계 최고의 엽기 괴물이 탄생했나 싶지만, 사실은 안전하게 새끼들을 키우기 위해서 하는 행동이다.

어미의 몸 안으로 들어간 알이 '위'에서 머무는 기간은 약 6~7주 정도. 그런데 어떻게 알들은 위에서 소화되지 않고 개구리가 될 때까지 무럭무럭 자랄 수 있는 걸까? 개구리의 위에서도 강한 위산이 분비되기는 마찬가지일 텐데 말이다. 비밀은 알에 있다. 알을 싸고 있는 투명한 젤리 속에는 위산이 분비되는 것을 막고, 위가 장으로 내용물을 밀어 내지 못하게 하는 특수한 화학 물질인 프로스타글란딘 E2(prostaglandin E2)라고 하는 물질이 들어 있다. 즉, 이 물질이 분비됨으로 인해 어미 개구리의 소화 기능이 정지되는 것이다.

이들에게는 어미 개구리의 위가 무시무시한 위산이 터져 나오는 소화 기관이 아니라 따뜻하고 안전한 인큐베이터인 셈이다. 알에서 깨어난 올챙이들도 같은 물질을 분비해서 다 자랄 때까지 안락한 환경을 유지한다.

그런데 문제는 또 있다. 한꺼번에 20여 마리의 새끼가 위 속에서 자라면 가뜩이나 비좁은 어미의 위가 터져 버리진 않을까? 다행히 프로스타글란딘 E2는 위벽을 부드럽게 만들어 위가 잘 늘어 나게 하는 역할도 한다. 덕분에 어미 개구리의 위는 몸속에 있는 빈 공간들을 가득 채울 만큼 계속해서 늘어나서 나날이 커가는 새끼 개구리들을 모두 키울 수 있다. 거대해진 위에 짓눌려 오그라든 폐 때문에 피부 호흡에 더 많이 의지해야 하고, 소화 기능이 정지되어 버린 탓에 아무것도 먹을 수 없지만, 모든 가스트릭브루딩개구리 어미들은 불평불만 하나 없이 새끼들을 키워 낸다.

보름달만큼 부른 배로 무거워진 몸을 이끌고 입덧으로 평소 좋아하던 음식까지 포기하며, 아홉 달 동안 우리를 품어 주신 우리 어머니들이나, 가스트릭브루딩개구리 어미들이나, 종을 가릴 것 없이 세상 모든 엄마들의 사랑은 대단하다.

가스트릭브루딩개구리 Gastric-brooding frog

가스트릭브루딩개구리는 위에서 새끼를 키우는 개구리라는 뜻으로 오스트레일리아 퀸즈랜드의 비가 많이 내리는 우림 지역에서 살았다. 1973년에 처음 발견되었지만, 불과 10여 년 후인 1980년대 중반에 환경 오염 및 서식지 파괴로 멸종된 것으로 추정된다. 수컷은 몸길이 3~4센티미터, 암컷은 4.5~5.5센티미터였으며, 두 종류가 있는데 좀 더 북쪽에 살던 종이 약간 더 컸다(수컷 5센티미터, 암컷 7~8센티미터). 물속 혹은 땅 위의 바위틈, 풀숲에서 발견이 되었고 작은 곤충을 먹고 살며, 겨울에는 겨울잠을 자는 것으로 알려졌다.

20. 발로 물 마시고 눈으로 피총 쏘는 사막뿔도마뱀

찜통더위. 이럴 땐 냉동실에서 밤을 지샌 물통만 한 게 없다. 품에 안고 있으면 몸도 시원해지고 얼음이 녹으면서 물도 생기고. 그런데 왜 꼭 일은 결정적인 순간에 터지는지! 물통 뚜껑을 열고 쩍쩍 갈라진 목구멍으로 단물 한 모금을 넘기려던 찰나, 뛰어오던 웬 녀석이 물통을 탁 하고 치고, 물통은 고공낙하 신세가 되어 땅바닥에 콩하니 곤두박질을 친다. 콸콸콸 시원하게 바닥으로 쏟아지는 얼음물이여~ 아, 타는 목마름이여~ 정말 바닥에라도 엎드려 저 물을 핥아 먹어?

짜잔! 이럴 때 사막뿔도마뱀이라면 전혀 문제될 게 없다. 바닥에 엎드려 물을 핥느라 체면 구길 일 없이 발로 물을 마시면 되기 때문이다. 발로 마시는 물맛이라니, 영 찝찌름한 게 별로 내키진 않겠지만,

물 한 방울 귀한 사막에서라면 얘기가 달라진다.

자, 모래 바닥에 물 한 방울이 떨어져 있다. 사막뿔도마뱀이라면? 일단 물방울이 떨어진 곳에 스윽 발을 갖다 댄다. 그러면 발에서 시작해서 온몸이 스펀지처럼 물을 빨아올려 입까지 물이 전달된다. 어떻게 이런 일이 가능할까? 비결은 바로 몸을 뒤덮고 있는 비늘 사이의 가느다란 틈! 이 틈들이 모세관 작용을 하는 것이다! 마치 식물이 뿌리에서 잎사귀까지 물을 빨아올리듯이 말이다. 덕분에 사막뿔도마뱀은 엎드릴 필요도, 움직일 필요도 없다. 그저 물 위에 우아하게 서 있기만 하면 된다.

사막뿔도마뱀은 또 다른 엽기 행동으로도 유명하다. 녀석의 눈 안에는 혈액으로 채워진 얇은 주머니가 여럿 있는데, 적을 만나면 갑

자기 혈압을 높여 이 주머니를 터뜨린다. 눈에서 피총을 쏘아 상대방을 놀라게 만드는 것이다. 최고 1.2미터까지 발사되고 상황에 따라 연속 발사도 가능하다고 한다. 레이저빔도 아니고 핏물 쏘는 도마뱀과의 대면이라니, 누구라도 놀라 자빠질 듯!

뿔도마뱀 Horned lizard

머리에 날카로운 뿔 같은 가시가 있으며 전체 몸길이는 7.5~12.5센티미터이다. 북아메리카 서부의 사막이나 반사막의 모래 지역에 산다. 몸 색깔을 바꾸거나 머리만 빼고 온몸을 모래 속에 파묻어 숨기도 하며 일부는 공기를 들이마셔 몸을 풍선처럼 빠른 속도로 부풀려 적을 놀라게 만들기도 한다. 주로 개미를 먹는다. 뿔두꺼비(Horned toad)라는 이름으로 불리기도 한다.

'크리스마스'라는 이름을 가진 작은 섬이 있다. 새하얀 눈이 뒤덮인 곳, 어쩌면 산타가 사는 섬일지도 모른다는 생각이 들겠지만, 열대 기후에 가까운 탓에 눈이라곤 눈 씻고 찾아봐도 없다. 그럼, 왜 하필이면 이름이 '크리스마스'일까? 그것은 이 섬이 발견된 날이 1643년 성탄절이었기 때문이다. 매혹적인 느낌을 자아내는 이 섬에서는 1년에 한 번씩 이 세상 어디에서도 볼 수 없는 장관이 펼쳐진다. 온 세상이 움직이는 새빨간 양탄자로 뒤덮여 버리는 것이다. 마법이라도 일어난 듯 나무, 땅, 바위, 모든 것을 훑고 지나가는 이 양탄자의 정체는 무엇일까? 도대체 무슨 일이 일어나고 있는 것일까?

이 섬에는 1억만 마리가 넘는 붉은게가 살고 있다. 정식 명칭은 크리스마스섬붉은게. 신기하게도 이 게들은 물속이 아닌 육지, 그것도 숲 속에 산다. 다른 게들과 마찬가지로 아가미로 호흡하는 탓에 수분이 없으면 숨을 쉬지 못하므로 녀석들은 습기가 많은 숲 속, 그것도 땅속 구멍에서 살아간다.

11월 우기가 시작되면 숲 속의 모든 게들이 약속이나 한 듯이 바다로 가기 위해 밖으로 나오기 시작한다(비 덕분에 마음껏 숨을 쉴 수 있다. 우기가 시작되어도 비가 오지 않으면 숲에서 나오지 않는다.). 숲 속에서 잘 살다가 굳이 바다로 가는 이유는 무엇일까? 견우와 직녀가 만나듯 짝을 짓고 알을 낳기 위해서이다. 산 넘고 물 건너는 것은 기본이요, 험난한 계곡과 바위, 뜨거운 아스팔트 도로, 가정집 베란다, 사람 발등, 우리가 생각할 수 있는 모든 것들이 붉은게로 뒤덮여 섬 전체가 빨갛게 물이 든다. 어찌나 멋지고 아름다운지 수많은 사진작가들이 '게들

의 행렬'을 카메라에 담기 위해 이 섬을 찾을 정도라고.

아무리 우기라고는 하지만, 모든 게들이 바다까지 무사히 도착할 수 있는 것은 아니다. 여행 도중에 각종 천적에게 잡아먹히고, 아스팔트 위를 걷다가 차에 깔리고, 사람한테 밟히고, 때론 수분이 모자라 질식해 죽기도 한다. 그래도 이 녀석들 포기하지 않고 열심이다. 안타까운 마음에 주민들도 6~8킬로미터나 되는 험난한 여정을 돕기 위해 아스팔트 위로 올라온 게들을 옮겨 주고 차량을 통제하며, 자기 정원을 점령해 버린 게들에게 물을 뿌려 주기도 한다.

이렇게 우여곡절 끝에 바다에 도착한 게들은 짝을 만나고 알을 낳는다. 그러고는 왔던 길을 거슬러 숲으로 되돌아가고 우기가 끝나는 2~3월이 되면 아무 일도 없었다는 듯 세상은 다시 조용해진다. 이듬해 우기가 되어 또다시 놀라운 마법이 펼쳐질 때까지 말이다.

크리스마스섬붉은게 Christmas Island red crab

인도양에 있는 오스트레일리아령 크리스마스 섬에 사는 육지게의 한 종류로 크기는 10~12센티미터이다. 수컷이 암컷보다 조금 더 크며 떨어진 나뭇잎과 씨앗, 열매, 꽃을 먹고 살지만 경우에 따라 자기 동족을 먹거나 작은 동물을 먹기도 한다. 우기가 짧아지고 가뭄이 계속되는 이상 기후들이 계속되면서 수많은 게들이 죽어 가고 있다. 몇 년 후면 이 아름다운 행렬이 사라질지도 모를 일이다.

22. 맨손으로 벽을 타는 게코

　캄보디아의 한 음식점에 갔다가 벽을 도배하다시피 한 도마뱀 무리를 보고 깜짝 놀란 적이 있다. 모기도 파리도 아닌, 덩치도 제법 큰 녀석들이 중력의 법칙을 완전히 무시한 채 자유자재로 벽을 타거나 천장에 떡 하니 붙어 있는 모습이라니! 발에서 접착제라도 나오는 건가?

　게코는 도마뱀의 사촌뻘로 앙증맞고 귀여운 생김새 때문에 애완동물로 사랑받는 녀석이다. 개코를 실수로 잘못 쓴 게 아닐까 싶겠지만 게코가 맞다. 게코는 서로 의사소통을 하기 위해 지저귀는 듯한 독특한 울음소리를 내는데, 게코라는 이름은 인도네시아어와 자바어로 이들의 울음소리를 흉내 낸 것이다. 왕방울만 한 눈과 웃는 듯한 입, 짧은 다리, 끝이 뭉툭한 5개의 발가락. 생김새도 귀엽지만 '살아 있는

찍찍이', '벽 타기 명수'라는 세계 챔피언 타이틀도 가지고 있다.

이들의 자유로운 벽 타기 비법은 발바닥에 숨어 있다. 흔히 '찍찍이'라 불리는 벨크로(Velcro)를 아는지? 벨크로는 끈적임 없이 붙였다 뗐다 할 수 있는 나일론 테이프이다. 만져 보면 한쪽 면에는 까슬까슬한 털들이, 다른 쪽 면에는 보슬보슬한 털들이 있어 서로 맞대면 찰싹 엉겨 붙었다가 끄트머리를 두 손으로 잡아서 힘껏 분리하면 "찍" 하는 소리와 함께 금세 떨어진다. 이러한 과정을 수없이 반복해도 접착력은 그대로이다.

그런데 게코의 발바닥이 이 벨크로와 비슷하다(즉, 그 어떤 접착 성분도 없다.). 게코의 발에는 세타(seta)라고 불리는 뻣뻣한 털이 수십억 개가 넘게 나 있다. 털 하나의 지름은 사람 머리카락 굵기의 100분의 1~1000분의 1밖에 안 되는데 끝부분이 주걱처럼 넙적하고 둥글게 휘어져 있다. 게코 발바닥의 이 미세한 털과 벽면 사이에는 반데르발스 힘(van der Waals' force, 전기적으로 중성인 분자들이 아주 가까운 거리에 있을 때 서로를 잡아당기는 힘)이라는 것이 작용하면서 서로 찰싹 붙어 있게 된다. 털 하나하나에 작용하는 힘은 아주 미미하지만 수억, 수십억 개가 모이면서 엄청난 무게를 지탱할 만한 강한 접착력이 발생하는 것이다.

이 신기한 능력에 반한 많은 학자들이 게코의 발바닥을 연구해 놀라운 연구 결과들을 내놓았다. 이탈리아의 한 학자는 게코의 발바닥을 모방해 장갑이나 옷을 만들어 입으면 게코처럼 천장에 거꾸로 매달리거나 벽을 탈 수 있다고 이야기한다. 이런 옷이 만들어지면 세계 최고 암벽 등반가가 될 수도 있고 63빌딩 꼭대기 유리창쯤이야 자유롭게 기어 다니며 닦을 수 있겠다. 또 미국에서는 벽을 타고 오를 수 있는 스티키봇(Stickybot)이라는 로봇과 접착력이 향상된 특수 의료용 반창고가 개발되기도 했다. 버스나 지하철이 초만원일 때 게코처럼 천장이나 유리창에 붙어서 간다면, 정말 편하고 좋지 않을까?

게코 Gecko

게코는 도마뱀의 사촌뻘인 도마뱀붙이로 약 1,200종이 있다. 전 세계, 특히 아시아의 따뜻한 지역에서 발견된다. 크기는 11~12센티미터로, 색상과 무늬가 매우 다양하고 몇몇 종은 주변 환경이나 온도 변화에 따라 몸 색깔을 바꾸기도 한다. 어떤 녀석들은 사람이 사는 집을 서식처로 삼기도 하는데, 집주인들도 이들이 모기를 잡아먹기 때문에 내쫓지 않고 그냥 내버려 둔다.

23.

반은 자고 반은 깨어 있는 **돌고래**

　"내 사전에 불가능이란 없다!"는 유명한 말을 남긴 정복자 나폴레옹은 잠을 적게 자는 것으로도 유명했다. 하루에 3~4시간만 잠을 자고 나머지 대부분의 시간은 세계를 제패할 궁리를 하며 보냈다나. 아무리 숙면을 취한다고 해도, 1년 365일을 이 정도로만 자고 어떻게 버틸 수 있을까 싶은 생각이 들기도 하는데, 아니나 다를까, 나폴레옹은 낮에 수시로 토막 잠을 잠으로써 부족한 수면 시간을 채웠다 한다.

　지붕과 담벼락이 있는 비교적 안전한 집에서 밤을 보내는 우리와 달리, 많은 동물들이 어디서 갑자기 포식자가 튀어나올지 모르는 탁 트인 공간에서 밤을 지새운다. 그렇다고 아예 잠을 안 잘 수는 없는 노릇이고. 하지만, 걱정일랑 붙들어 매시라! 자연계에는 나폴레옹처럼 자신만의 수면법을 개발한 동물들이 있으니, 그중에서도 사람과 똑같이 폐로 숨을 쉬는 바다 포유동물(새끼를 낳아 젖을 먹여 키우는 동물들)인 돌고래의 수면법을 살펴보자.

돌고래는 인간은 절대로 따라할 수 없는 '반만 잠자기' 초능력을 가지고 있다. 어떻게 반만 잔다는 걸까? 사람이 잠을 자는 이유는 하루 종일 일하느라 피곤한 몸과 뇌를 쉬게 하기 위해서이다. 사람은 잠을 자면 좌뇌와 우뇌 모두가 수면 상태에 들어가지만(덕분에 정말 피곤하면 누가 업어 가도 모를 지경이 된다.), 돌고래는 뇌의 반쪽만 잠을 재운다. 그러니까 반은 자고, 반은 깨어 있는 셈이다. 잠들어 있는 동시에 깨어 있을 수도 있는 놀라운 수면법!

전문 용어로 단일 반구 수면(unihemispheric sleep)이라고 하는데, 좌뇌와 우뇌가 번갈아 가며 잠을 자는 수면법이다. 돌고래뿐만 아니라 물범, 매너티를 비롯한 다양한 해양 포유동물과 조류의 대부분이 이 특이한 수면법을 취하는데, 깨어 있는 나머지 반쪽 뇌 덕분에 잠을 자면서도 원래 하던 일들, 즉, 가볍게 수영을 하거나, 수면 위로 올라가 숨을 쉬거나, 주변을 경계하고 있다가 적이 나타나면 순식간에 도망도 갈 수 있다. 철새들이 몇 날 며칠을 쉴 새 없이 날아가는 것도 이렇게 반만 자고 반은 깨어 있을 수 있어서이다. 신기한 것이 또 하나 있는데 자고 있는 동안의 녀석들을 살펴보면, 한쪽 눈은 뜨고 있고, 한쪽 눈은 감고 있다! 돌고래의 수면 비법을 따라할 수만 있다면,

24시간
공부하기!!
필
숙
Z Z Z Z
HOW

그래서 뇌의 반은 잠자고, 반은 하던 일을 계속할 수 있다면, 잠자면서 공부도 할 수 있고, 잠자면서 텔레비전도 볼 수 있겠다. 아, 정말 시험이 얼마 남지 않았을 땐 돌고래처럼 살고만 싶다.

돌고래 Dolphin

총 90여 종의 고래 중에서, 돌고래는 몸길이 약 4미터 이하의 작은 이빨고래를 말한다. 고래 중에서 가장 큰 것은 흰수염고래로 몸길이 20~30미터, 몸무게 100~200톤으로 지구상에 존재하는 동물 중 가장 크다. 초음파를 이용해 서로 의사소통을 하기도 하고, 바닷속 지형을 꿰뚫고 먹잇감의 위치를 찾기도 한다. 지능이 매우 뛰어나고 위험에 처한 친구를 돕는 따뜻한 마음을 가진 동물이지만, 포경 산업 때문에 많은 종들이 멸종 위기에 처했다. 동물원에서 가장 흔히 보게 되는 돌고래는 병코돌고래로 주둥이가 병 모양이어서 붙은 이름이다.

24.
방귀 소리로 적을 물리치는 소노란신호뱀

영화 「말아톤」의 한 장면. 한 아저씨가 아파트 복도에 나와 한가롭게 담배를 피우고 있다. 갑자기 복도로 뛰어나온 주인공 초원이가 참았던 방귀를 뀌는 순간, 화들짝 놀란 아저씨가 꽁초를 떨어뜨리고는 초원이를 바라본다. 잠시 어색한 침묵이 흐른 뒤 초원이는 "방귀는 밖에서!"라는 명대사를 남기고 집으로 들어가는데, 이 장면을 보면 방귀 소리가 무기(?)가 될 법도 하다는 생각이 든다.

방귀 하면 제일 먼저 떠오르는 것은 지독한 냄새지만, 실제로 '웩, 저 사람 방귀 뀌었어.'라고 알아채는 가장 빠른 신호는 소리다. 먼저 "뿌웅" 하는 소리에 화들짝 놀라고 그 다음에 풍겨 오는 냄새에 따라 주변의 반응도 달라지는 것. 그냥저냥 참거나, 아니면 코를 부여잡고 서둘러 도망가거나. 일찍이 스컹크가 방귀 냄새를 무기로 삼았다면, 방귀 소리를 무기로 삼은 녀석도 있다. 바로 열대 아메리카에 사는 소노란산호뱀이다.

소노란산호뱀은 적을 만나면 총배설강(동물의 소화 기관 및 생식 기관이 합쳐진 끝부분) 안으로 공기를 빨아들인 후 힘을 모았다가 밖으로 밀어내 방귀를 뀐다. 카리스마 넘치는 뱀이 방귀를 뀌다니! 그것도 멋있게 한 방에 "뿡"도 아니고 "찌직~찌직~" 흡사 물똥 싸는 소리와도 같은 방귀를 말이다.

0.2초도 안 되는 짧은 방귀 소리는 몇 번씩 되풀이되기도 하는데, 2미터 밖에서까지도 들을 수 있을 만큼 소리가 꽤나 크다. 옆에 있는 사람이 범인으로 몰리기 십상일 만큼 사람의 방귀 소리와 거의 똑같지만, 사람과는 달리 적에게 위협받을 경우에만 뀐다. 같은 지역

에 사는 서부매부리코뱀(Western hook-nosed snake)도 적을 만났을 때 동일한 방귀 소리 전법으로 대응하는 것으로 알려져 있다.

사실, 소노란산호뱀은 코브라과에 속하는 맹독을 가진 뱀이다. 그렇다면 적이 나타났을 때 그냥 물어 버리면 될 텐데 왜 굳이 이런 방귀 소리를 내는 것일까? 어떤 학자는 적의 시선이 소리가 나는 쪽(얼굴과는 정반대쪽)에 가 있으면 공격하기가 더 쉽기 때문이 아닐까 생각한다. 소리가 나는 꽁무니 쪽에 정신이 팔린 사이, 독니로 공격하겠다는 바로 그런 시나리오가 되겠다!

소노란산호뱀 Sonoran coral snake

산호뱀은 멕시코와 중앙아메리카, 남아메리카 등 열대 아메리카에 사는데 그중 소노란산호뱀은 몸길이 33~53센티미터의 작고 날씬한 뱀이다. 빨강, 검정, 하양, 노랑의 줄무늬가 화려하다. 도마뱀이나 다른 작은 뱀을 먹고 산다. 코브라와 맞먹는 독은 신경 계통에 작용해 몸을 마비시킨다. 일단 물리면 사망 확률이 매우 높지만, 산호뱀은 굴속에서 숨어 사는데다 먼저 괴롭히기 전에는 좀처럼 무는 법이 없다고.

25.
물 위를
걸어 다니는 도마뱀

    물 위를 걸어 다닐 수 있다면 어떨까? 태평양이나 대서양 한가운데까지 사뿐사뿐 걸어 들어가 몸길이가 수십 미터나 되는 고래와 눈알 크기가 패밀리 사이즈 피자만 하다는 대왕오징어를 만나고, 돌고래, 물범, 펭귄과 친구가 될 수 있을지도 모른다. 야호!

    우스갯소리로 왼발 빠지기 전에 재빨리 오른발을 내밀고 오른발 빠지기 전에 왼발을 내밀기만 하면 영 불가능한 일도 아니지 싶은데, 정말 이 작전을 사용해 '수면 걷기(정확하게는 뛰기지만)'에 성공한 동물이 있다. 바로 바실리스크도마뱀이다.

    바실리스크도마뱀은 위급한 상황이 되면 뒷다리로 일어선 자세로 물 위를 뛴다. 어찌나 다리를 빠르게 움직이는지 맨눈으로는 볼 수 없을 정도다. 사실 그 모양새는 썩 멋지지 않다. 두 앞발을 어정쩡하

게 늘어뜨린 채 심한 팔자걸음으로 각각의 다리를 풍차 돌리듯 달리는 모습은 우스꽝스럽기까지 하다. 하지만 좀 웃기면 어떠리? 물 위를 걸을 수 있다는데.

과학자들이 이들의 모습을 초고속 비디오로 촬영해 분석해 봤더니, 글쎄 1초에 약 20번 발을 내딛는단다. 복 나간다며 꾸지람듣기 일쑤인 '초스피드 다리 떨기'조차 이 녀석들의 걸음걸이 속도를 따라잡기엔 역부족일듯.

바실리스크도마뱀이 뒷발로 수면을 내리치면 물 표면은 반사적으로 위로 작용하는 힘을 만들어 내는데(물 표면을 세게 내리치면 손바닥이 얼얼하게 아픈 것도 물의 저항력이 커지기 때문이다.), 이 힘이 도마뱀을 물

위에 떠 있게 도와준다. 게다가 도마뱀이 물을 힘껏 걷어찰 때 발 주
변에 공기 주머니가 생기는데, 이 공기 주머니 또한 물에 빠지지 않
게 도움을 준다. 공기 주머니가 사라지기 전에 곧바로 발을 떼고 다
른 발을 내딛는 과정을 반복하는 것이다. 이 놀라운 능력에는 많은
에너지가 필요하기 때문에 도마뱀이 물 위를 뛸 수 있는 거리는 고작
10~20미터뿐이다.

  과학자들은 사람이 이 도마뱀처럼 물 위를 달리는 것은 불가능
하다고 말한다. 도마뱀이 물 위를 뛸 수 있는 것은 몸이 매우 가볍고
발놀림이 재빠르기 때문인데, 사람은 너무 무겁고 행동도 빠르지 않
다는 것이다. 인간이 물에 빠지지 않고 뛰려면 80킬로그램 성인을 기
준으로 1초에 30미터를 달려야 한다. 100미터를 3초대에 뛰어야 한
다는 이야기니, 이건 정말 올림픽 육상 금메달리스트에게도 불가능
한 일!

바실리스크도마뱀 Basilisk lizard

뱀목 이구아나과에 속하는 파충류로 몸길이 20~30센티미터(꼬리까지
합하면 70~80센티미터)에 몸무게는 평균 80그램 정도이다. 곤충,
새, 작은 포유류, 과일을 먹고 살며 수명은 5년에서 7년 정도이다.
중앙아메리카의 강이나 호수 주변에 산다.

26. 사람을 치료하는 흡혈거머리

흡혈(피를 빨아 먹는 것) 하면 떠오르는 것은? 한여름 밤, 무더위를 한 방에 날려 주는 오싹하기 그지없는 구미호나 드라큘라 백작 같은 흡혈귀? 아니면, 그 드라큘라 백작의 둘도 없는 친구, 흡혈박쥐? 자, 이들은 아무것도 아니다. 실제로 동물 세계에는 피를 빨아 먹고 사는 흡혈동물이 자그마치 4만 종이나 된다는 사실, 알고는 있는지?

우리가 흔히 알고 있는 흡혈박쥐에서부터 흡혈거머리, 흡혈메기, 흡혈침파리 등등 흡혈동물의 이름을 나열하자면, 끝이 없다. 모기나 벼룩, 우리 몸속에 사는 각종 기생충도 엄밀히 말해 흡혈동물이고. 아무래도 피를 빨아 먹는다는 것 자체가 인간에게는 비호감에다 괴기스러운 일이기 때문에 흡혈동물에 대한 인식이 좋으려야 좋을 수가 없다. 게다가 여기저기 옮겨 다니면서 이 피, 저 피, 빨아 먹으니 치명

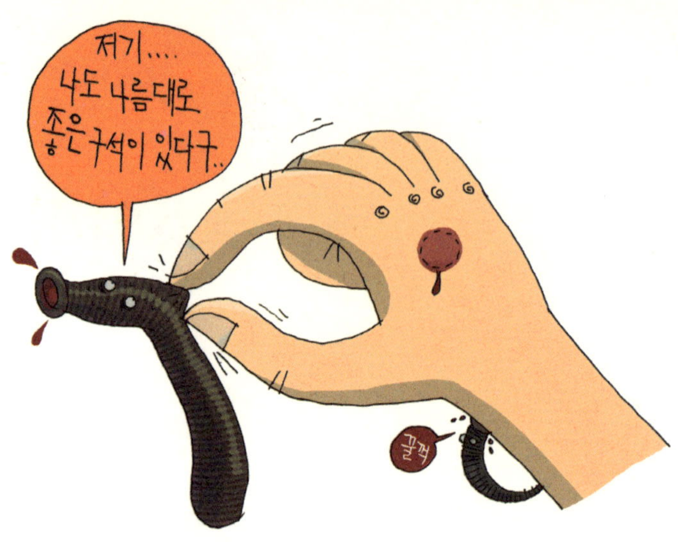

적인 질병들을 마구 전파시키는 일까지 하고 말이다. 하지만 짜잔~
하고 의학계에 혜성같이 등장한 한 녀석이 흡혈에 대한 부정적인 인
식을 모두 날려 버리고 말았으니, 그 주인공은 바로 거머리이다.

그야말로 '거머리'처럼 찰싹 달라붙어서 배불리 피를 빨아 먹은
후 통통하게 살이 오른 거머리의 모습은 정말이지 비호감 순위 1위
를 차지하고도 남을 정도다. 달라붙은 지 30분 이내에 자기 몸무게
의 10배에 해당하는 피를 빨아 먹는다나? 누르면 바로 터질 것 같은
지경이 될 때까지 욕심쟁이처럼 피를 빨아 먹는 이 녀석이 도대체 어
떻게 사람을 구한다는 것일까?

상처를 입어 피가 난다고 생각해 보자. 상처가 크지 않다면 곧

피가 굳어 딱지가 앉는 것을 볼 수 있다. 덕분에 피는 더 이상 흘러 나오지 못한다(만약, 피가 굳지 않고 계속 흐른다면 아주 작은 상처에도 과다 출혈로 죽을 수 있다.). 우리에게는 무척 다행스러운 일이지만 흡혈동물에 게는 아주 짜증나는(?) 현실일 것이다. 아무리 열심히 상처를 내 봐야 좀 먹을 만하면 굳어 버리길 반복한다면 이거, 원, 먹고 살 길이 막막하지 않겠는가?

그래서 그들이 만든 해결책은 바로 피가 빨리 흘러나오도록 자극하는 동시에 피가 굳지 못하게 막는 화학 물질을 생산하는 것이 다. 특히, 흡혈거머리는 히루딘(hirudin)이라는 물질을 분비해서 혈액 이 굳는 것을 막는다. 다리에 붙어 있던 거머리를 떼어 낸 후 3~4시 간이 지나도 피가 멈추지 않는 것도, 그래서 실제보다 상처가 훨씬 더 심각해 보이는 것도 이 히루딘 때문이다.

이 히루딘이라는 천연 혈액 응고 방지제는 의학에서 널리 사용 되고 있다. 사고로 손가락이 잘려 접합 수술을 해야 하는 사람이 있 다고 생각해 보자. 우리 몸은 출혈을 멈추기 위해 피를 굳게 하는데, 혈관 속에서 피가 굳어 버리면 그 부위가 썩어 들어간다. 이때 수술 부위에 거머리를 붙여 두면 혈액 응고를 막을 수 있고 덕분에 무사히 접합 수술에 성공할 수 있다. 미국 식품 의약국에서는 아예 이런 의 료용 거머리를 '의료 장치'로 승인을 해서 크고 작은 외과 수술을 돕 는 것은 물론 피부 이식 환자의 이식된 피부 아래 고인 혈액을 빨아

먹게 해 회복을 돕는다고 한다. 마냥 끔찍하게만 생각했던 흡혈거머리, 이제 좀 다르게 보이지 않는지?

거머리 Leech

전 세계에 500여 종이 분포하고 있다. 그중 약 75퍼센트가 피를 빨아 먹고 살고 나머지는 달팽이류를 잡아먹고 산다. 암수가 한 몸에 있는 자웅동체이며 알을 낳는다. 우리나라에서는 아주 오래전부터 독을 지닌 벌레나 뱀 등에 쏘이거나 물렸을 때 부어오른 상처에서 피를 뽑아내는 데 거머리를 사용했다고 한다. 대부분 강, 호수, 연못 등 민물에 살지만 바다나 습기가 많은 육지에 사는 녀석들도 있다.

27. 물 위와 아래를 모두 보는 네눈박이 송사리

　　골목길을 걷다 어디선가 날아온 축구공에 뒤통수를 쿵 하고 맞은 일이 있다. 눈물이 찔끔 하는 고통도 고통이지만, '도대체 누가, 사람 지나다니는 길에서!' 하는 생각에 재빨리 뒤를 돌아봤지만 이미 범인은 사라지고 휑한 골목길에는 쥐새끼 한 마리도 없었다. 아, 정말 뒤통수에 눈만 달렸어도 누군지 잡을 수 있었는데, 아니, 아예 공에 맞지도 않았을 텐데 하는 부질없는 생각이 머리를 스치고 지나간다. 정말 눈이 단 두 개가 아니라, 여러 개라서 앞뒤, 혹은 위아래를 동시에 볼 수 있다면 얼마나 좋을까?

　　아메리카 대륙을 흐르는 강에는 머리 꼭대기에 개구리나 금붕어처럼 불룩 튀어나온 눈을 가진 물고기가 살고 있다. 이 녀석들이 헤엄치는 모습을 보면 마치 물 위로 눈알이 동동 떠다니는 것 같다. 이

름은 네눈박이송사리. 이름에서 알 수 있듯 녀석들은 눈이 네 개다. 아래쪽의 한 쌍은 물속 세계를, 위쪽의 한 쌍은 물 밖을 보기에 적합한 형태여서 아래 지나가는 좋은 먹이를 놓치면 어쩌나, 혹은 물 밖에서 천적들이 나를 공격해 오면 어쩌나, 걱정할 필요가 없다. 동시에 물 밖, 물속을 다 볼 수 있다는 말씀! '수면' 생활에 완벽하게 적응한 셈이다.

걸으로 보면 네눈박이송사리의 눈도 다른 동물들처럼 두 개다. 다만 각각의 눈이 세포막에 의해 반으로 나뉘고, 각 부분에 망막과 홍채가 따로 있어서 '2×2=4' 즉, 네 개의 눈이 된 것이다. 눈이 반으로 나뉘어져 있기는 하지만 수정체는 하나다. 대부분의 시간을 수면에서 보내는데, 냠냠 먹이를 먹고 있는 중에도 물 위에서 물총새 같은 천적이 나타났다 싶으면 기막히게 알아채고 도망간다. 점프도 매우 잘해서 천적 물고기들이 물 밑에서 공격해 오면 물 위로 튀어 오르며 도망가기도 한다.

지금도 많은 학자들이 네눈박이송사리의 신기한 눈을 연구하고 있다. 이 녀석들의 눈을 응용한 안경이 나온다면, 하늘을 올려다보며 미친 듯이 뛰어다녀도 차에 치이거나 돌부리에 걸려 넘어질 염려가 없고, 수업 시간에 교실 앞 선생님과 책상 위의 책을 동시에 볼 수 있으니 공부에도 일석이조겠다. 노는 시간? 텔레비전 보면서 오락하기도 가능해지니 이렇게 좋을 수가!

열대 아메리카에 사는 민물고기로 몸이 길고 날씬하며 30센티미터까지 자란다. 주로 곤충을 잡아먹고 살지만, 무척추동물이나 물풀, 작은 물고기를 먹기도 한다. 멕시코 남부의 저지대에서부터 온두라스까지, 그리고 남아메리카 북쪽에서 주로 강이나 바다와 강이 만나는 강 하구에 산다.

28.
발 시린 틈 없는 펭귄

　최근 들어 지구 온난화가 큰 문제가 되고 있다. 해일이나 태풍 등 기상 이변을 불러와 전 세계 곳곳에서 수많은 피해를 낳고 있을 뿐만 아니라 극지방 얼음이 빠른 속도로 녹고 있어서 북극곰이나 펭귄 새끼들이 살 곳을 잃거나 고립되는 사태가 빈번해지고 있다는 소식도 들린다. '남극의 신사'라는 고상한 별명과 '숏다리'라는 불명예스러운 별명을 동시에 지니고 있으며, 광고나 만화 영화에서, 그리고 동물원에서 우리에게 큰 웃음과 기쁨을 선사해 주는 펭귄에게 이런 비극적인 일이 일어나고 있다니 정말 슬픈 일이 아닐 수 없다.

　어릴 때 동물원에서 처음 펭귄을 보고는 그 뒤뚱거리는 걸음걸이가 얼마나 인상 깊었던지 일부러 바지를 무릎까지만 끌어올린 채 뒤뚱뒤뚱 걸어 다니곤 했다. 펭귄은 겉보기에는 다리가 정말 짧다 못해 그야말로 흔적만 남은 듯싶지만, 사실 겉으로 드러난 다리의 2~3배 길이가 털 밑에 숨어 있다. 할머니 '몸뻬바지'나 최근 한창 유행한 배기팬츠, 일명 '똥싼바지'를 입은 것과 같다고나 할까.

다른 새들과 달리 날지 못하는 펭귄의 움직임은 어정쩡하기 짝이 없다. 양 날개를 뒤로 젖힌 채 뒤뚱대며 걷는 것도 재미있지만 사람처럼 얼음 위에서 미끄러져 엉덩방아를 찧는 모습을 보고 있으면 웃음을 참기 힘들다. 하지만 이 우스꽝스러운 걸음걸이가 에너지의 80퍼센트를 절약하게 해 준다니, 혹독한 환경 속에서 살아남아야 하는, 게다가 다리가 너무 짧은 펭귄 세계에서는 아주 진지한 행동 양식이다.

일단 물속에 들어가면 펭귄은 물 찬 제비로 돌변한다. 천적인 물범을 따돌릴 정도로 날쌔게 물살을 가르며 바닷속을 헤엄쳐 다니는 모습을 보고 있으면 슬슬 걱정이 되기 시작한다. 남극은 기온이 영하 70도까지 내려가고, 10분 이상 맨손을 내놓고 있으면 동상에 걸려 손을 잘라야 할 정도로 춥다는데, 어떻게 된 일인지 펭귄은 얼음물 속을 제 집처럼 드나들고 마치 오리털 이불인 양 얼음 위에서 뒹굴뒹굴 잘만 지낸다. 물론 통통한 지방층과 촘촘한 털 덕분이겠지만 실오라기 하나 걸치지 않은 맨발은? 펭귄의 발은 동상에 안 걸릴까?

사람이라면 얼음을 딛고 서 있는 발에서 차갑게 식은 피가 위쪽으로 올라오면서 체온이 점차 낮아져 얼어 죽거나, 반대로 몸통에서 데워진 피가 그대로 다리로 내려오면서 심한 온도 차이 때문에 동상에 걸린다. 그런데 펭귄은 동상에 걸리질 않는다. 바로 독특한 체온 유지 시스템 덕택이다. 펭귄은 몸과 다리를 잇는 관절 부위에 일종의 열 교환 기관이 있다. 발 부근의 차가운 피는 따스하게 데워진 후 몸 안으로 흘러가고, 반대로 몸통의 따뜻한 피는 적당히 식은 후에 발끝으로 내려오기 때문에 아무런 문제가 없는 것이다. 굳세어라, 맨발의 펭귄!

우리 손목에도 이런 강력한 열 교환 장치가 있다면 맨손으로 하루 종일 눈싸움을 해도 끄떡없을 테고, 또 무릎에 있다면 한 겨울에도 반바지에 슬리퍼 차림으로 돌아다녀도 문제없을 테니 겨울용 털신을 따로 장만할 필요도 없겠다. 위에는 두꺼운 점퍼, 아래는 맨다리라……. 왠지 생김새가 펭귄과 비슷해지네?

펭귄 Penguin

날개가 퇴화되어 날지 못하는 펭귄은 물과 추위에 가장 잘 적응한 조류이다. 세계적으로 17종이 있고, 지구의 남반구에만 산다. 물고기, 오징어, 갑각류 등을 먹고, 반대로 얼룩무늬물범이나 범고래의 먹이가 되기도 한다. 펭귄이 추운 곳에만 산다고 생각하는데, 따뜻한 남아프리카 해안에 사는 아프리카펭귄도 있다.

29. 지진을 미리 알아채는 두꺼비

　중국 쓰촨성(四川省) 대지진 이후, 한동안 두꺼비가 텔레비전과 신문, 인터넷을 뒤덮은 적이 있다. 지진이 일어나기 며칠 전 두꺼비 10만 마리가 한꺼번에 길거리로 뛰쳐나온 사건이 있었기 때문이다. 사람에게 밟혀 죽고 차에 치어 죽어 가면서도 행렬은 끊이질 않았고 땅 위를 시꺼멓게 도배할 정도였다고 하니, 녀석들, 지진이 일어날 것을 미리 알고 있었던 것은 아닐까?

　사실 중국은 오래전부터 지진 관측에 관심이 많았다. 세계 최초의 지진 관측기도 중국에서 발명되었는데, 항아리 모양의 이 기구를 에워싸고 있는 것도 8마리의 두꺼비상이다. 또, 동물들의 이상 행동을 관찰해 지진을 예측하는 법도 알고 있었다.

　1975년 2월 4일 중국 만주 하이청(海城) 지역. 평소에 날지 않던 거위가 날아다니고, 겨울잠을 자던 뱀이 깨어나 땅 위를 뒤덮고, 나비가 고치를 뚫고 나와 날아다니다가 얼어 죽는 일들이 일어났다. 이를 지켜본 관계자는 24시간 안에 강한 지진이 일어날 것이라고 예고해 100만 명의 주민을 대피시켰고, 덕분에 인명 피해를 줄일 수 있었다. 쓰촨성 지진 때도 두꺼비의 이상 행동을 참고했더라면 어땠을까?

자연 재해가 일어나기 전 동물들이 평상시와 다른 행동을 보였다는 이야기는 세계적으로 셀 수 없을 만큼 많다. 거대한 해일이 해안을 덮치기 전 모든 동물들이 산 위로 도망쳤다, 동물원이나 농장의 동물들이 먹이도 거부한 채 불안에 떨었다, 도시 전체의 개들이 끊임없이 짖어 댔다, 코끼리가 쇠사슬까지 끊고 도망쳤다, 뱀, 족제비들이

모두 도시를 떠났다, 뱀장어, 낙지, 해파리가 물 위로 뛰어올랐다는 식의 이야기들이 넘쳐 난다.

정말 동물들이 지진을 예측하는 걸까? 화산 폭발, 지진, 해일 등이 일어나면 지구의 자기장, 온도, 초음파 등이 바뀐다. 지구에서 일어나는 이런 작은 변화들은 우리로서는 들을 수도 느낄 수도 없지만 인간보다 뛰어난 감각들을 지닌 동물들은 알 수 있다.

일단, 두꺼비, 뱀, 쥐 같은 동물은 땅속에(또는 땅 표면 가까이) 살기 때문에 그 속에서 일어나는 아주 작은 진동도 느낄 수 있다. 또, 새, 코끼리, 설치류, 곤충 같은 경우엔 인간은 들을 수 없는 초저주파를 들을 수 있기 때문에 지진이 일어날 것을 알 수 있다. 사람도 이런 능력을 갖게 된다면, 소중한 생명을 모두 구할 수 있을 텐데. 그리고 사랑하는 사람들을 잃은 슬픔에 눈물 흘리지 않아도 될 텐데 말이다.

두꺼비 Toad

두꺼비과의 양서류로 몸길이 6~12센티미터이다. 개구리와 비슷하게 생겼지만 피부에 오돌토돌한 돌기가 많다. 위험해지면 피부에서 독을 뿜는다. 3월 중순 무렵부터 알을 낳고 두꺼비가 나오면 장마가 시작된다는 말이 있다. 또 옛이야기 속에는 은혜를 갚는 동물, 신비한 능력을 가진 동물로도 나타난다. 곤충이나 지렁이류를 잡아먹고, 야행성이다.

30. 10년을 굶고도 사는 올름

영화 「반지의 제왕」에서 절대 반지를 갖게 된 스미골은 깊고 어두운 동굴로 들어가 햇빛 한 번 보지 못하고 날생선을 뜯어 먹으며 300년이라는 긴 세월을 보낸다. 그 결과 스미골은 혈색이 사라진 허연 피부와 메마른 몰골의 흉측한 골룸으로 변하게 된다.

이 세상에는 골룸처럼 오랫동안 동굴을 벗어나지 못하고 사는 동물들이 많다. 그중에서도 가장 신비로운 동물로 꼽히는 것이 바로 도롱뇽, 올름이다. 올름은 5000만 년 전 원래는 한 덩어리였던 유럽과 북아메리카 대륙이 분리되면서 유일하게 유럽 대륙에 살아남은 도롱뇽이다. 도롱뇽이 흔치 않은 유럽에서 올름을 처음 발견한 학자들은 아기 용(baby dragon)이거나 우연히 살아남은 공룡이라고 생각했다고 한다.

골룸처럼 햇빛을 전혀 보지 못하고 사는 탓에 올름도 색소가 없어져 피부색이 아주 흐릿하다. 사람의 피부와 비슷하다고 해서 '휴먼피쉬'라고도 불리며(살짝 분홍빛이거나 노란 끼가 섞인 흰색이다.) 게다가 눈도 퇴화되고 없다. 빛이 전혀 들어오지 않는 곳에서는 굳이 눈이 필요 없기 때문이다. 덕분에 올름은 찰스 다윈의 『종의 기원』에 '사용하지 않는 기관의 퇴화'의 예로 등장하기도 했다. 올름의 눈은 얇은 피부로 덮여 있어 외부에서는 보이지 않는데, 사물을 보지는 못하지만 밝고 어두움 정도는 느낄 수 있다고 한다. 그 대신 후각, 청각, 촉각과 같은 다른 감각 기관들은 잘 발달해 있다.

놀랍게도 올름은 10년 이상을 먹지 않고도 살 수 있다. 한 학자가 올름을 작은 유리병에 넣은 후 냉장고 속에 방치한 적이 있었다. 12년 후 우연히 그 유리병을 발견했는데, 올름은 여전히 살아 있었다. 먹이도 없는 곳에서 어떻게 살아남았던 것일까? 해부를 해 봤더니 소화 기관이 완전히 사라지고 없었다고 한다. 원래 올름은 작은 게, 달팽이, 곤충 등을 잡아먹고 사는데 씹지 않고 통째로 삼키기 때문에 한꺼번에 많은 양의 먹이를 먹을 수 있고 몸 안에 영양분을 저장해 둘 수 있다. 먹이가 귀해지면 활동량이 줄어들고 심할 경우 자신의 신체 조직을 흡수해서 영양분을 얻는다.

깊은 동굴 속에 사는 탓에 거의 알려진 사실이 없다는 점, 먹을 게 없어도 오랫동안 살아남을 수 있다는 점, 게다가 멸종 위기에 처한 탓에 올름은 신비의 동물로 여겨지고 있다. 빛 한 줄기 들어오지 않는 캄캄한 동굴, 먹을 것도 풍족하지 않은 메마른 환경에서도 생명의 불꽃은 꺼지지 않고 계속된다는 사실에서 새삼 생명의 경이로움을 느끼게 된다.

올름 Olm

동굴도롱뇽붙이과의 양서류이다. 20~30센티미터의 길고 가는 몸을 가졌고, 얼굴 양옆으로 뻗어 나온 안테나 모양의 겉아가미로 호흡한다. 물과 육지 생활 모두를 할 수 있는 대부분의 도롱뇽들과는 달리 올름은 수중 생활에만 완벽하게 적응했다. 먹고 자고 숨 쉬는 모든 것을 물속에서 한다. 약 14년이 되면 성숙하고 지름이 12밀리미터 되는 70개 정도의 알을 바위틈에 낳는다. 평균 수명은 약 60년이다. 유럽 슬로베니아의 포스토냐 동굴 및 유럽 일부의 동굴에서만 발견된다.

31.

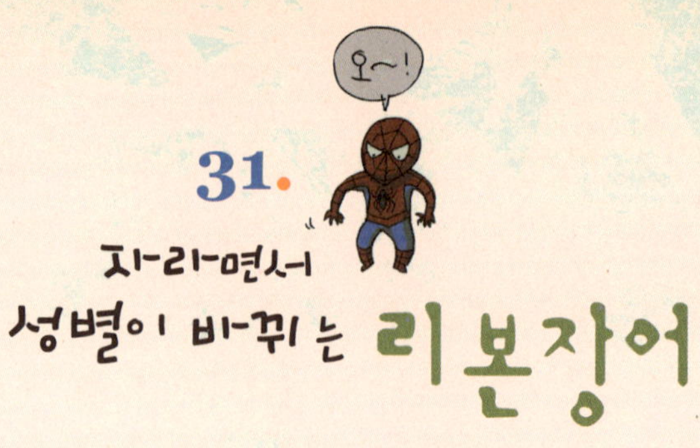

자라면서 성별이 바뀌는 리본장어

    만화 영화 「니모를 찾아서」에서는 아빠가 죽은 엄마를 대신해 니모를 보살피는 장면이 나온다. 니모의 실제 모델은 흰동가리. 말미잘을 보금자리 삼아 살아가는 흰동가리 가족은 암컷이 목숨을 잃을 경우 수컷이 암컷으로 변해 빈자리를 대신하는 것으로 유명하다. 그런데 이보다 더 신기한 물고기가 있다. 리본장어는 자라는 동안 몸 색깔이 세 번 바뀌는데 그 색에 따라 성별도 바뀐다. 트렌스젠더 물고기라고나 할까. 니모네처럼 엄마가 죽거나 아빠가 죽는 것 같은 날벼락 같은 사건이 없어도 일상적으로 일어나는 변화이다. 살면서 성별이 바뀐다니, 얼마나 좋을까? 여자로도 살아 보고, 남자로도 살아 보고.

    이름에서도 알 수 있듯이 리본장어는 리듬 체조 선수들이 사용하는 리본과 꼭 닮았다. 하늘하늘 길고 날씬한데다 색깔도 곱고 예쁘

다. 리본장어는 어렸을 때는 몸이 검은색인데(지느러미만 노란색) 무럭무럭 자라서 몸길이가 약 60센티미터가 되면 화려한 파란색으로 변하면서 수컷이 된다. 계속 자라 약 1미터 정도가 되면 다시 온몸이 황금빛으로 변하면서 암컷이 된다. 색상은 물론 성별에 있어서도 완벽하게 3단 변신을 하는 셈이다. 앞으로 바닷속이나 수족관에서 리본장어를 만나게 된다면, 색깔만 보고도 나이나 성별을 맞힐 수 있겠다. 검은색이면 아직 어린 녀석. 파란색이면 수컷, 노란색이면 암컷.

하지만 안타깝게도 암컷으로 사는 기간은 한 달 여밖에 되지 않는다. 암컷이 되어 알을 낳고 나면 온몸이 분홍빛이 도는 흰색으로 변하면서 죽는다고. 바닷속에는 자라면서 성별이 바뀌는 동물이 꽤 많은데, 식탁 위에 회, 조림, 구이 등 다양한 모습으로 등장하는 먹도미(감성돔)의 경우도 몸길이가 10센티미터까지는 모두 수컷이고 그 이상으로 자라면서 일부가 암컷으로 바뀐다고 한다. 왜 이런 현상이 일

어나는지에 대해서는 학자들도 아직 정확한 이유를 밝히지 못했다고
하니, 먼 훗날 여러분이 연구를 해 보는 것도 좋겠다.

리본장어 Ribbon eel

인도양과 태평양의 따뜻한 바다에 사는데, 모래 속이나 바위틈에 몸을
숨기고 있다가 작은 물고기를 낚아채 먹는다. 몸길이는 100~130
센티미터까지 자라고 20살까지 살 수 있다.

32. 펄펄 끓는 뜨거운 물에 사는 폼페이벌레

햇빛이 전혀 닿지 않은 깊은 바닷속. 그곳에는 육지의 온천처럼 뜨거운 물과 검은 연기가 솟아 나오는 '열수 분출구'라는 이름의 구멍이 있다. 한가운데서 솟아 나오는 물의 온도는 자그마치 300~400도(어떻게 물의 온도가 300~400도나 될 수 있을까? 육지에서는 100도가 넘으면 수증기로 변해 버리지만 해저 깊은 곳은 압력이 높기 때문에 끓는점도 훨씬 높아져서 계속 액체 상태를 유지할 수 있다. 높은 산에서 밥을 하면 끓는점이 높아져 밥이 설익는 것과 같은 원리이다.). 그나마 분출구 바깥쪽은 차가운 바닷물과 뒤섞인 덕분에 온도가 비교적 낮다. 그래 봐야 80~120도지만. 바로 이곳, 뜨거운 곳이 좋아, 뜨거운 곳에 사는 동물이 있으니, 그 이름도 유명한 폼페이벌레다.

미생물을 제외하고 동물이 견딜 수 있는 최고 온도는 55도 정도

로 알려져 있다. 대부분의 동물이 온도가 40도 이상만 올라가도 뇌나 신체 조직에 문제가 생겨 정상적인 활동을 할 수 없고 심지어는 죽기까지 한다(2005년 여름, 유럽에서 폭염으로 약 2만 명이 사망했는데 당시 평균 기온은 섭씨 40도였다.). 하지만, 폼페이벌레에게 이 정도는 아무것도 아니다. 섭씨 80~120도에서 살아가는 녀석들이니, 40~50도쯤이야 미지근하다 내지는 시원하다 정도?

그런데 녀석들은 어떻게 '뜨거움'을 견딜 수 있는 것일까? 폼페이벌레의 등은 잔털로 뒤덮여 있는데 이곳에 박테리아들이 모여 살고 있다. 과학자들은 이 박테리아들이 뜨거운 열을 차단해 주는 특수한 효소를 분비하는 것으로 생각하고 있다. 폼페이벌레는 박테리아 덕분에 뜨거운 곳에서 생활할 수 있고, 천적들로부터 자신을 보호할 수도 있다(폼페이벌레를 잡아먹기 위해 끓는 물속에 뛰어드는 위험을 감수할 동물이 누가 있을까?). 그 대신 박테리아는 폼페이벌레의 등에 있는 분비샘에서 나오는 점액을 먹고 산다.

폼페이벌레는 그 존재가 알려지면서 신소재를 개발하려는 과학자들의 관심과 사랑을 독차지하게 되었다. 열을 차단하는 효소를 생활에 응용할 수 있게 된다면 불에 타지 않는 종이, 몸에 뿌리기만 하면 불 속에서도 화상 걱정 없는 스프레이, 화재에 안전한 건축물 등을 만들 수 있기 때문이다. 심해 바닷속에는 우리로서는 상상조차 할 수 없는 신기한 생김새와 능력을 가진 동물들이 수없이 많다. 그리고 아직까지 그중 극소수만이 우리 눈에 띄었을 뿐, 여전히 대부분은 미지의 세계로 남아 있다. 궁금하지 않은가? 또 어떤 진기한 생명이 암흑의 세계에서 활개를 치고 있을지……

폼페이벌레 Pompeii worm

몸길이 13센티미터 정도로, 몸은 희미한 회색빛이고 등에 붉은 털이 있다. 태평양 심해에 있는 열수 분출구에서만 발견되는 갯지렁이의 일종이다. 1980년대 초기에 발견되었다. 한편, 몇 해 전에는 열수 분출구 주변을 자유자재로 헤엄치고 있는 새우 떼가 발견되기도 했다. 이 새우의 이름은 아직 정해지지 않았고 '익지 않는 새우'라는 별명을 갖고 있다.

33. 눈 없이도 잘만 보는 장님동굴물고기

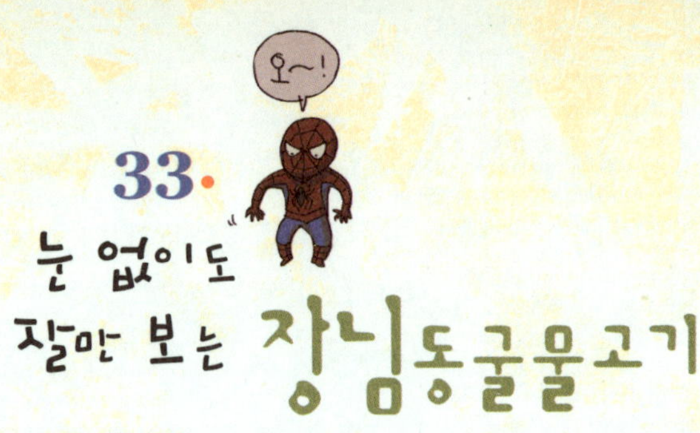

멕시코의 지하 동굴 속에는 희한한 물고기가 산다. 이 '장님동굴물고기'들은 이름처럼 앞을 보지 못하는 정도가 아니라 아예 눈이 없다. 눈이 있어야 할 자리에는 근육과 피부만 있을 뿐이어서 마치 합성 사진이라도 보는 듯 어색하기 짝이 없다.

하지만 눈이 있는 다른 물고기들과 전혀 다를 바 없이 물속을 누비며 잘만 살아간다는데 어떻게 그게 가능할까? 안내견 역할을 해 주는 친구라도 있는 걸까?

장님동굴물고기도 처음부터 눈이 없었던 것은 아니다. 학자들은 아~주 오래전, 이들이 동굴 속 암흑세계에 살게 된 이후로 점점 눈이 퇴화되어 없어진 것으로 보고 있다. 빛이 전혀 들어오지 않으니 눈이 있어 봐야 아무것도 볼 수 없기는 마찬가지고, 있으나 마나 별 차

이가 없으니 아예 사라져 버렸다는 것.

게다가 눈만 없는 게 아니라 몸 안에 멜라닌 색소도 없어서 피부 아래 있는 미세 혈관들이 그대로 비친다. 덕분에 마치 핑크빛처럼 보이지만 사실은 흰둥이인 셈이다(우리 머리카락이 까만 것, 눈동자가 갈색인 것, 피부색이 노란 것도 다 멜라닌 색소 덕분이다. 가끔씩 발견되는 흰사슴, 흰까치, 흰너구리는 이 색소가 부족한 경우로, 이들을 알비노라고 부른다.).

비록 눈은 사라지고 없지만 장님동굴물고기는 '눈 부럽지 않은' 예민한 감각 기관을 가지고 있다. 바로 촉각(피부로 느껴지는 감각)이다. 물론 사람도 촉각이 있지만, 이들에 비하면 아주 형편없는 수준이다. 이 녀석들은 가까이 접근하는 다른 생물체들의 움직임은 물론, 자갈, 모래, 수초 같은 다양한 물체들의 존재, 물살의 흐름이나 진동, 수압 등 아주 섬세한 변화들을 모조리 느낄 수 있다.

대부분의 물고기가 몸통 옆면을 보면 머리에서부터 꼬리까지 이어진 가느다란 측선(옆줄)이 있는데, 장님동굴물고기는 이 측선의 기

능이 유난히 발달된 덕분에 주변 세상을 지도를 보듯 훤히 꿰차고 있
다. 우리가 눈으로 보는 세상에서 산다면, 장님동굴물고기는 몸으로
느끼는 세상에서 사는 셈이랄까.

몸길이 약 9센티미터로 수명은 5년 이상, 잡식성이다. 성격은 매우
온화한 편이라고. 암컷이 살짝 더 크지만 그 외에는 거의 차이가 없을
만큼 암수가 똑같이 생겼다. 레드 리스트에 등재된 멸종 위기 종으로
미국 텍사스, 파나마 공화국, 멕시코 등지에 산다.

34. 공룡보다 더 오래 산 투아타라

호모 사피엔스(*Homo sapiens*). 오늘날 지구상에서 가장 번성해 살고 있는 인간의 학명이다. 진화를 거듭해 호모 사피엔스가 지구상에 나타난 것은 겨우(?) 4만 년 전쯤의 일이다. 그럼 앞으로 수만 년 후 인간은 어떤 모습일까? 물론 그때까지 지구가 온갖 환경 문제를 극복하고 건강하게 살아 있다는 전제하에 말이다. 모르긴 해도 엄청나게 달라져 있지 않을까? 움직이는 걸 싫어해 다리는 퇴화되고 뇌만 커지는 바람에 그야말로 큰 바위 얼굴이 되어 있을 수도 있고, 의자와 컴퓨터에 익숙해져 팔다리만 가늘어지는 바람에 대형 문어 모양을 하고 있을지도 모르겠다.

만약 공룡과 함께 뛰놀았던 6500만 년 전의 파충류가 아직까지 지구에 살고 있다면 어떤 모습을 하고 있을까? 온갖 상상이 머릿속에서 튀어나오고 있겠지만, 놀랍게도 그때나 지금이나 생김새가 똑같다면, 과연 그 말을 믿을 사람이 몇 명이나 될까?

6500만 년 전이나 지금이나 그 모습이 똑같아 학자들로부터 '살아 있는 화석'이란 별명을 얻은 이 녀석의 이름은 투아타라(뉴질랜드 원주민 마오리족의 언어로 '가시 돋친 등'이란 뜻)이다. 투아타라는 공룡이 살았던 2억 년 전부터 6500만 년 전까지 번성했던 원시 파충류들 중에서 현재까지 살아남은 유일한 파충류이자 가장 오래된 파충류이다. 투아타라와 함께 살았던 파충류들은 이미 6500만 년 전에 대부분 멸종해 버렸으니, 지금까지 살아 있다는 것 자체가 기적이다.

게다가 투아타라는 눈이 세 개나 된다(이마 한가운데 있는 눈은 생후

4~6개월이 지나면서 주변의 비늘에 가려 보이지는 않는다.). 물론 세 번째 눈은 원시적인 수정체와 망막은 있지만 홍채가 없어 실제 사물을 보지는 못하지만, 학자들은 이 세 번째 눈이 빛을 느끼는 역할을 한다고 추정한다. 빛의 양을 통해 밤낮과 계절의 변화, 짝짓기 시기 등을 알아차린다는 것이다.

슬픈 현실은 그토록 오랫동안 꿋꿋하게 잘 살아온 녀석들이 인간에게 발견이 된 지 얼마 안 돼 멸종 위기에 처하게 되었다는 것이다. 뉴질랜드 주변의 외딴 섬에서 인간이나 다른 동물들(포식자)의 간섭 없이 평화로이 살아가던 투아타라는 인간들이 섬으로 들어와 살게 되면서 서식처를 잃게 되었고 결국 1895년에 멸종 위기 동물로 분류되었다.

투아타라 Tuatara

생김새는 도마뱀이지만 엄밀히 말해 도마뱀과 뱀의 중간쯤에 위치하는 동물이다. 몸길이는 60센티미터 정도인데 수컷이 암컷보다 더 크다. 낮에는 굴속에서 잠을 자고 밤에 활동한다. 바위가 많은 장소, 서늘한 기후에 적응해서 섭씨 10도 이하의 온도에서 활발하게 움직인다. 곤충, 달팽이, 다른 파충류 등을 잡아먹으며 100년 이상도 살 수 있는 것으로 알려졌다.

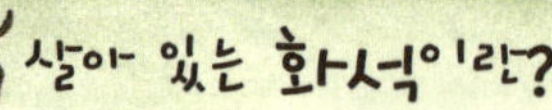

살아 있는 화석이란?

약 2억 8000만 년 전인 고생대 페름기에 나타난 이후로 오늘날까지 그 모습이 전혀 변하지 않은 은행나무의 불가사의함에 놀란 찰스 다윈은 은행나무를 "살아 있는 화석"이라 불렀다. 이렇게 아주 오랜 세월 동안 진화하지 않은 채 같은 모습으로 남아 있거나, 멸종된 것으로 추정되었다가 재발견된 동식물들을 '살아 있는 화석(living fossil)'이라 부른다.

35.
어둠 속에서도
길을 잃지 않는 박쥐

길을 잃어 가로등 하나 없는 깜깜한 숲 속에 홀로 남겨졌다고 생각해 보자. 돌부리, 나무뿌리에 걸려 넘어지고, 가시덤불에 옷자락이 찢기고, 어쩌면 커다란 나무에 정면으로 얼굴을 부딪혀 번쩍! 별을 볼지도 모른다. 게다가 언제 어디서 무엇이 튀어나올지 몰라 등골까지 오싹오싹! 빛의 소중함을 뼈저리게 느끼게 되는 순간이다.

그런데 박쥐는 평생을 살면서 이런 빛의 소중함을 느낄 때가 단 한 번도 없다. 먹물을 흩뿌려놓은 듯 시꺼먼 동굴 속은 물론 잔가지들이 복잡하게 얽혀 있는 숲 속을 획획~ 자유자재로 돌아다닐 수 있으니 말이다. 아니, 이렇게 어두운 곳에서, 어떻게 부딪히지도 않고 요리조리 피해 다니며 잽싸게 날아다닐 수 있는 걸까?

비결은 초음파에 있다. 박쥐는 코와 입 부근에서 초음파를 쏜다.

물론 이 소리는 사람에게는 들리지 않는다. 공기 중으로 나갔던 초음파는 장애물에 부딪힌 후 되돌아오는데 이를 통해 '아! 전방 몇 미터 앞에 어떤 모양과 크기의 장애물이 있구나.' 하고 알 수 있는 것이다. 눈으로 보는 대신 귀로 듣고 주변 지도를 그리는 셈이다. 먹이를 잡을 때도 마찬가지로 초음파를 이용한다.

오래전에 과학자들이 박쥐를 데리고 재미난 실험을 한 적이 있다. 박쥐를 두 그룹으로 나누어 한쪽에는 눈가리개를, 다른 한쪽에는 귀마개를 해 준 후, 날려 본 것이다. 눈가리개를 한 박쥐는 약 30센티미터 간격으로 늘어져 있는 가느다란 철삿줄 사이를 요리조리 잘도 피해 날아다녔지만, 귀마개를 한 박쥐 대부분은 철삿줄을 피하지 못했다. 박쥐는 눈보다 귀에 의존해서 세상을 바라본다는 것이 증명된 셈이다.

만약 우리에게 이런 능력이 생긴다면, 한밤중에 정전이 돼도 '별' 볼 일 없이 화장실에 다녀오고, 눈 감고 술래잡기를 할 때에도 친구들을 훤히 볼 수 있을 것이다. 길목 어딘가에 꼭꼭 숨어 있는 밤손님? 식은 죽 먹기로 한 방에 때려잡을 수 있다. 어, 왠지 어디선가 본 적 있는 장면 같지 않은가? 그래! 박쥐 인간 배트맨! 영화 「다크나이트」의 배트맨도 이 기술을 이용해서 고층 건물의 내부 구조를 파악하고 범인과 인질의 위치까지 정확히 찾아냈었다.

세계 곳곳에 900여 종의 박쥐가 있다. 「이솝 우화」 중에 낮에는 새로, 밤에는 쥐로 지내는 박쥐의 이야기가 있다. 그러나 박쥐는 새도 아니고 쥐도 아니다. 박쥐는 날아다닐 수 있는 유일한 포유류이다. 우리나라의 일부 지역에도 일명 황금박쥐라 불리는 붉은박쥐가 발견되고는 하는데, 멸종 위기 종으로 보호받고 있다. 흡혈박쥐는 단 3종뿐이며 우리나라에는 없으니 안심해도 된다.

36. 살아 있는 전력 발전소 전기뱀장어

바람결에 모래 알갱이들이 실려 온다거나 입안이 바싹바싹 마를 정도로 건조한 날씨에는 본의 아니게 '따끔한 맛'을 보게 되곤 한다. 스웨터를 벗거나 금속성 물건을 잡을 때, 심지어는 친구의 손과 내 손이 스칠 때도 찌릿! 순간적으로 전류가 흐르면서 생기는 정전기 현상이다. 이런 정도는 인체에 아무런 해가 없지만 전류가 세지면 문제가 달라진다.

간혹 만화나 영화에서 치한을 물리치기 위해 '전기 충격기'를 사용하는 장면이 등장하곤 한다. '으달달달달' 아랫니, 윗니가 부딪힐 만큼 온몸을 부들부들 떠나 싶더니 쭈뼛 선 머리털 사이에서 연기까지 모락모락 내뿜으며 널브러지는 악당들의 모습을 보면 웃음보가 터지기 십상이지만 사실 감전으로 죽을 수도 있는 만큼 전기는 무서운 에너지이다.

　이런 무시무시한 무기를 몸 안에 가지고 다니는 물고기가 있다. 아마존 강의 진흙 바닥에서 살고 있는 전기뱀장어가 바로 그 주인공. 시력이 나쁜 전기뱀장어는 자기 주변에 늘 가벼운 전기를 흘려보내서 주변을 탐색하고 서로 의사소통을 하기도 한다. 그러다가 적이나 먹잇감이 있다는 사실을 감지하면, 600볼트쯤 되는 전기를 치지직~ 발생시켜 적을 퇴치하거나 먹잇감을 기절시킨 다음 잡아먹는다(수족관에 가면 전기뱀장어가 내뿜는 '전기 충격파'에 기절한 미꾸라지들이 'ㄱ'자 모양으로 꼬부라져 떠다니는 것을 볼 수 있다.).

　전기뱀장어는 최고 800볼트의 전기를 낼 수 있는데 이 정도면 사람도 기절시킬 수 있다. 그래서 아마존 원주민들은 강을 건너기 전

에 배 젓는 노나 긴 막대기 같은 걸로 계속해서 수면을 친다고 한다. 그러면 놀란 전기뱀장어가 전기를 계속 내뿜어서 급기야는 전기가 바닥이 나 평범한 뱀장어가 되어 버린다고. 물론 일정 정도의 시간이 지나면 다시 전기뱀장어로 돌아간다.

전기뱀장어의 몸을 살펴보면 전체의 약 5분의 4를 발전기가 차지하고 있는데, 이러한 특유의 몸 구조 덕에 본인은 감전이 되지 않는다. 즉, 물속 친구들이 '으달달달' 감전되어 난리가 난 동안에도 혼자서 유유자적 식사를 즐길 수 있다는 말씀!

손가락 하나 까딱 하지 않고도 주변을 초토화시키는 뱀장어. 사람에게도 이런 능력이 있다면 밤길 걱정은 안 해도 되겠다. 나쁜 놈이다 싶으면 그야말로 '으달달달' 시켜 버리면 되니까. 갑작스레 핸드폰이나 mp3 플레이어의 배터리가 다 되도 손가락을 끼우기만 하면 충전 끝!

전기뱀장어 Electric eel

남아메리카의 아마존 강, 오리노코 강에 살며 몸길이가 2~2.5미터까지 자란다. 심장, 소화 기관, 생식 기관 같은 나머지 기관들은 머리 뒤쪽의 좁은 곳에 몰려 있고 몸의 대부분을 전기를 만드는 기관이 차지하고 있다. 전기뱀장어만큼은 아니지만 아프리카 하천에 사는 전기메기, 한국, 일본, 중국 해안에 사는 전기가오리도 강한 전기를 내뿜는다.

37. 암수가 한 몸에 모두 다 있는 달팽이

　아빠 엄마가 서로 사랑에 빠졌기에 나라는 존재가 이 세상에 태어날 수 있었던 것처럼, 지구상에 있는 대부분의 동물들도 암수가 짝을 이루어야 2세를 탄생시킬 수 있다. 하지만, 아예 '성별'이란 것이 없는 동물도 있다. 즉, 암수가 나뉘어져 있지 않다는 이야기다. 이런 동물들은 어떻게 2세를 낳고 자자손손 대를 이어 나가는 걸까?

　비가 오면 제일 신나 보이는 동물 중 하나가 달팽이다. 아쉽게도 요즘은 쉽사리 볼 수 없지만, 내가 어릴 때만 해도 비 온 다음날이면 집 앞 잔디밭이 '풀 반 달팽이 반'이 되곤 했다. 달팽이 근처의 풀잎을 살펴보면 끈끈한 액체가 길게 묻어 있는 것을 볼 수 있는데 달팽이가 이동하면서 남겨 놓은 흔적이다. 이 끈끈한 액체 덕분에 발도 없는 녀석들이 미끄러지듯 다닐 수 있다.

　　달팽이는 배(발 역할을 하는)의 근육을 늘였다 줄였다 하면서 이동하는데, 배에서 분비되는 끈끈이 액체 덕분에 울퉁불퉁한 모래알이나 날카로운 나무껍질 위를 기어 다녀도 보드라운 몸을 다치지 않는다. 그만큼 달팽이에게 수분은 절대적으로 중요하다. 건조한 곳에서는 말라 죽을 수 있기 때문에 딱딱한 껍질 속에 몸을 숨기고 있다가 밤이 되어서야 움직인다. 그러니 비가 오면 신날 수밖에. 몸에 수분이 많아져 더 부드럽게, 더 많이 움직일 수 있으니 얼마나 좋을까.

　　달팽이 세계에는 성별 구분이 없다. 달팽이 한 마리가 암컷이기도 하고 동시에 수컷이기도 하다. 모든 달팽이는 자기 몸 안에 난자와 정자를 만드는 기관을 둘 다 가지고 있는데 이런 동물을 자웅동체라고 부른다(반대로 암컷과 수컷이 따로 있는 동물은 자웅이체라고 한다.).

　　앗! 그럼 달팽이는 혼자서 암수 역할을 다 할 수 있으니 짝짓기 없이도 새끼를 낳을 수 있겠구나라는 생각이 들겠지만, 달팽이도 짝이 없으면 새끼를 낳을 수 없다. 달팽이 몸 안에 있는 암수 생식 기관이 성숙하는 시기가 서로 다르기 때문이기도 하고, 서로 다른 유전자들끼리 만나야 더 건강한 후손이 태어날 수 있기 때문이다. 짝짓기를 하는 달팽이 두 마리는 각자 자신의 정자로 상대방의 난자를 수정시킨다. 이론적으로는 짝짓기 후 달팽이는 두 마리 모두가 알을 낳을 수 있다.

만약 사람이 달팽이처럼 성별 구분 없이 남자이기도 하고 동시에 여자이기도 하다면 어떨까? 생김새는 어떨지, 목소리와 말투는 어떨지, 세상은 또 어떻게 달라질지 궁금해진다.

달팽이 Land snail

우리나라에는 약 40종, 세계적으로는 약 2만 종이 있는 것으로 알려졌다(껍데기가 없는 것들을 민달팽이라고 하는데, 그중 바나나달팽이는 생김새가 영락없는 바나나다.). 습기가 많은 때나 밤에 주로 활동하고, 이끼, 채소, 식물의 어린잎을 먹는다. 겨울에는 겨울잠을 잔다. 너무 건조할 때에는 여름잠을 자기도 한다. 주로 한국, 일본, 중국 등 온대와 열대 지방에 산다.

38. 유리처럼 투명한 글라스캣피쉬

  투명 인간은 공상 과학 영화나 소설의 단골 소재이다. 영화 「할로우」를 보면 주인공이 투명 인간으로 변하는 과정이 나온다. 처음에는 피부가 사라져 근육과 힘줄이 보이더니, 곧 근육이 사라지고 뼈(할로윈 축제 때 흔히 볼 수 있는 해골 귀신처럼)가 보인다. 잠시 후에는 아예 아무것도 보이지 않는다. 자, 투명 인간 변신 완료!

  투명 인간까지는 아니더라도 반투명 인간만이라도 될 수 있다면 어떨까? 단계별 변신이 가능해서 근육만 보인다거나, 뼈만 보인다거나, 장기만 보인다면? 사실 좀 징그럽긴 하지만, 실제로 자연계에는 이렇게 속을 다 드러내 놓고 다니는 녀석이 있다.

  글라스캣피쉬, 우리말로 하면 유리메기쯤 되겠다. 몸이 유리처럼 투명해서 뼈와 내장이 고스란히 들여다보이기 때문에 얻은 이름이다.

좀 미안한 말이지만 이 녀석들은 다 먹고 뼈만 남은 생선 구이를 떠오르게 할 만큼 머리 부위와 내장, 뼈만 빼고는 온몸이 투명하다.

글라스캣피쉬가 투명한 이유는 색소(물체가 색을 갖게끔 해 주는 성분)가 없기 때문이다. 피부도 워낙 얇아 빛을 비추는 방향에 따라 몸에 아름다운 무지갯빛이 감돌기도 한다. 비늘이 없는 탓에 물의 온도와 수질에 굉장히 민감해서 아주 깨끗한 민물에서만 살 수 있다. 어찌나 투명한지, 두근두근 심장이 뛰는 모습과 헤엄칠 때 등뼈가 움직이는 모습까지, 아주 속이 빤~히 들여다보인다.

사람이 글라스캣피쉬처럼 투명해질 수 있다면 어떤 이점이 있을까? 우리 몸이 어떻게 자라고 어떻게 움직이는지 두 눈으로 직접 보고 알 수 있을 것이다(따분하고 어렵기만 한 책들아, 지구를 떠나거라!). 방금 먹은 빵이 어디쯤 도착해 있는지도 알 수 있고, 방광 크기를 보고 화장실 갈 시간을 예측할 수도 있겠다. 혹시 암세포가 생겨도 금방 알 수 있고, 각종 장기들이 안녕한지, 부러졌던 뼈는 잘 아물고 있는지, 어느 쪽 뇌혈관이 얼마나 막혔는지 등 고통스러운 수술이나 별도의 건강 검진 없이도 우리 몸 안에서 일어나는 일들을 미리미리 알 수 있을 것이다(얼마 전 위내시경 검사를 받았는데 얼마나 괴롭던지 두 번 다시는 하고 싶지 않을 정도였다.). 실제로 과학자들은 최근 암세포가 전이되는 과정을 직접 눈으로 볼 수 있도록 유전자 조작으로 ==투명개구리==, ==투명물고기==를 만드는 방법을 연구하고 있다고 한다.

글라스캣피쉬 Glass catfish

메기과에 속하며 고스트피쉬(ghost fish)라는 이름도 가지고 있다. 말레이 반도, 인도네시아 등 동남아시아의 민물에서 산다. 몸길이는 자연 상태에서는 15센티미터 정도까지 자라지만 보통 수족관에서는 그보다 작은 10~13센티미터이다. 5~10마리로 무리를 이루어 생활한다. 모기 유충 같은 살아 있는 먹이를 더 좋아하지만 사육하는 경우 일반 먹이에도 잘 적응한다.

39. 만지기만 해도 죽는 독화살개구리

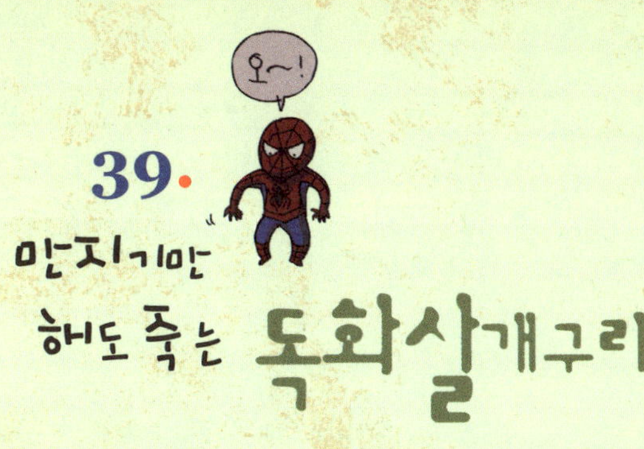

입맞춤을 했더니 개구리가 멋진 왕자님으로 변했다는 동화 속 이야기. 만약 이 동화가 탄생한 곳이 남아메리카 열대 우림이었다면 결말이 전혀 달랐을지도 모른다. '공주는 개구리에게 입맞춤을 했다. 그러더니 바로 죽어 버렸다.'

중앙아메리카와 남아메리카의 열대 우림에 가면 정말 예쁜 개구리들이 살고 있다. 샛노랗거나 새빨갛거나 혹은 새파란 색깔이 어찌나 선명하고 예쁜지 막 짜 놓은 물감을 뒤집어쓴 것 같다. 세상에서 가장 아름다운 양서류라는 애칭에서 알 수 있듯 제 아무리 풀숲에 잘 숨었다 해도 쉽게 눈에 띄기 마련이다. 온갖 종류의 천적들이 도처에 깔렸을 텐데 위험하지 않을까?

걱정은 붙들어 매야겠다. 입맞춤은커녕 살짝 만지기만 해도 큰

일 날 만큼 강한 독을 지니고 있으니 말이다. 이 녀석들의 이름은 독화살개구리. 왜 이런 이름이 붙었을까? 「인디아나 존스」 같은 모험 영화나 「007」 시리즈 같은 첩보 영화들을 보면 긴 대롱을 입으로 불어 그 속의 화살이나 침을 쏘아 사냥감을 잡거나 심지어 사람까지 죽이는 장면이 종종 등장한다. 이 무기를 블로건(blowgun)이라고 하는데, 그 화살촉 끝에는 강한 독이 묻어 있다. 남아메리카의 원주민들은 독화살개구리의 피부에 화살촉을 문질러 독을 바르는데, 이 독은 신경과 근육을 마비시키고 심장 발작을 일으킨다.

약 150종의 독화살개구리 중에서 가장 독이 강한 것은 황금독화살개구리(Golden poison frog)이다. 복어나 전갈, 독거미 같은 동물을 제치고 척추동물 중에서 가장 강한 독을 가진 동물이기도 하다. 도대체 얼마나 센 것일까?

몸길이가 겨우 5센티미터인 황금독화살개구리 한 마리의 독에 10명~20명의 사람이 죽을 수 있고, 닭이나 개는 이 개구리가 밟고 지나간 종이에 살짝 닿기만 해도 죽을 수 있다. 화살촉 끝에 바른 독은 1~2년 동안 유지될 만큼 지독하

다. 해독제도 따로 없고, 이 독에 면역력을 가진 생명체는 황금독화살
개구리 자신뿐이다. 덕분에 천적이라곤 없는 천하무적이다.

　　그렇지만, 우주를 통틀어 천하무적이 된다 해도 절대 이런 초능
력은 가지고 싶지 않다. 조금 다르긴 하지만, 영화「엑스맨」에서 닿기
만 해도 상대방의 기억과 힘을 빨아들이는 신비한 능력을 지닌 소녀
로그를 기억하는지. 로그는 우연히라도 다른 사람과 접촉하게 되면
심각한 상처를 입힐 수 있기 때문에 늘 장갑을 끼고 다니며, 사랑하
는 남자친구와 키스조차 할 수 없는 슬픔을 평생 안고 살아간다. 만
일 피부에서 독이 스며 나온다면 사랑하는 사람과 뽀뽀는커녕 손을
잡을 수도, 안을 수도 없게 된다. 너무 슬픈 일 아닌가?

독화살개구리 Poison arrow frog

독개구리라고도 한다. 독화살개구리는 150여 종이 있고 그중에서 3
분의 1이 독을 지니고 있다. 피부 점막에서 독을 내뿜어 천적으로부터
자신을 보호한다(이들의 독은 공격용이 아니라 방어용이다.). 흰개미,
딱정벌레 등 작은 곤충을 잡아먹고 살며 수명은 7~10년이다. 이들의
독은 근육 경련을 치료하거나, 마취 보조제로 사용되는 등 의학에서도
널리 사용되고 있다.

40.
120년 만에
부활한 곰벌레

영화 「데몰리션맨」은 냉동 인간이 된 두 주인공이 먼 미래에 깨어나면서 벌어지는 이야기다. 오래오래 살아서 지금보다 훨씬 발전해 있을 미래 세계를 겪어 보는 것. 그 옛날 불로초를 찾아다녔던 진시황제를 비롯해, 지금까지도 불로장생은 모든 사람들의 꿈이다. 그런데 이론적으로 그야말로 천년만년 살 수 있는 동물이 있다. 누구냐고? 바로 곰벌레이다.

곰벌레는 약간의 수분기만 있다면 어디서든 살 수 있는 동물이다. 바다와 민물은 물론, 숲 속이나 잔디밭의 이끼, 지의류 등에서도 쉽게 발견된다. 다만, 그 크기가 너무 작아서 현미경으로만 관찰이 가능하다는 것. 아무리 커 봐야 1.5밀리미터를 넘지 않고, 보통 1밀리미터도 채 되지 않는다.

쌀알보다도 작은 이 녀석들은 가히 불사신으로 불릴 만한 능력을 가지고 있다. 곰벌레는 환경이 나빠지면, 신진대사를 멈추고 휴면 상태에 들어간다. 휴면 상태란 죽은 것과 거의 비슷한 상태로, 겨울잠을 자는 곰이나 개구리에서도 찾아볼 수 있다. 하지만 곰이나 개구리가 기껏해야 몇 개월을 겨울잠을 자며 보낸다면, 곰벌레는 그 상태로 적어도 100년 이상을 지낼 수 있다는 점이 다르다. 실제 한 박물관에서 120년 전에 보관된 곰벌레에게 약간의 수분을 주자 몇 시간 만에 '부활'했다는 보고가 있었다.

원래 물에서 사는 곰벌레는 주변 환경에서 수분이 사라지면, 몸속 수분 함량을 1퍼센트 미만으로 줄이고 몸을 동그랗게 만들어 미라가 된다. 신진대사율도 평소의 0.01퍼센트 이하로 낮춘 채 되살아

날 때를 기다린다. 뿐만 아니다. 150도가 넘는 끓는 물과 영하 200도 이하에서도 며칠을 살고, 공기가 없는 진공 상태에서도 몇 달을 살 수 있으며, 유해 화학 물질, 끓는 알코올 속에서도 살아남는 것은 물론, 깊은 바닷속에서 받는 압력보다 6배나 강한 압력도 견딜 수 있다. 또, 57만 뢴트겐의 X선도 견뎌 낸다(뢴트겐은 방사선량을 표시하는 단위로 500 뢴트겐만으로도 사람에게는 치명적이다.). 이론적으로는 우주에서도, 또 원자로 속에서도 살 수 있다는 말이다.

와! 이쯤이면 천하의 슈퍼맨도 울고 갈 노릇이다. 곰벌레의 신체 비밀을 밝혀내 인간에게 적용하는 날이 온다면 우리 삶 자체가 근사한 공상 과학 영화 한 편이 될 텐데……. 죽은 듯 잠에 빠졌다가 100년 후에 깨어나면 세상은 어떻게 변해 있을까?

곰벌레 Water bear

생김새가 오동통한 곰을 닮은데다 움직임이 느리기도 해서 곰벌레라는 이름을 얻었다. 물곰, 완보동물로도 불린다. 몸길이 1.5밀리미터 이하의 무척추동물이다. 머리와 4개의 몸마디로 이루어져 있고, 각 마디마다 4~8개의 발톱이 있는 다리가 한 쌍씩 있다. 식물의 수액을 빨아 먹고 산다. 평범한 환경에서의 수명은 약 12년이다.

41. 냄새로 암세포까지 찾아내는 개

미국에서 실제로 있었던 이야기다. 마릴린이란 이름의 한 여성이 트리샤라는 셔틀랜드쉽독(영국의 양치기 개)을 키우고 있었는데, 그개에게는 이상한 버릇이 하나 있었다. 틈만 나면 마릴린의 등 아래쪽에 코를 처박고 미친 듯이 냄새를 맡거나 코끝을 문질러 대는 것이었다. 마릴린의 등 아래쪽에는 작고 까만 사마귀가 하나 있었는데, 아무런 통증도 가려움도 없었기 때문에 마릴린은 대수롭지 않게 넘겨 버렸다.

이상한 버릇이 계속되던 중, 급기야 트리샤가 마릴린의 등을 물고 말았다. 아예 그 사마귀를 뜯어내려 한 것이다. 개에게 물린 상처를 치료하기 위해 급히 병원을 찾은 마릴린은 깜짝 놀랐다. 그 검은 사마귀가 피부암의 일종인 흑색종으로, 더 늦게 발견되었더라면 생명이 위험할 수도 있었다는 것이다.

1980년대 후반부터 비슷한 사례들이 학계에 계속 보고되었다. 모두 옷 아래 숨겨진 작은 사마귀에 개가 끊임없는 관심을 보이거나 심지어 무는 바람에 병원을 찾았다가 흑색종 진단을 받고 조기 치료를 한 경우였다. 피부암뿐만 아니라, 가슴이나 폐, 방광 등과 같은 내부 장기에 생긴 암을 발견한 경우도 있었다.

개들이 어떻게 안 것일까? 코넬 의학 센터를 비롯해 세계 여러 곳의 학자들이 연구한 결과, 암세포가 개들이 맡을 수 있는 독특한 냄새를 풍긴다는 사실이 밝혀졌다. 아무리 후각이 좋기로 이름난 개코라지만 몸속 깊숙이 숨겨져 있는 암세포까지 냄새 맡을 줄이야! 인간의 후각 세포는 500만 개인 데 비해, 개의 후각 세포는 약 2억 2000만

개에 달한다. 단순히 숫자상으로도 44배나 많은 후각 세포를 가지고 있는 셈이지만, 실제 후각 능력은 100배, 많게는 100만 배 내지 10억 배나 더 정확한 것으로 밝혀졌다.

학자들은 폭발물 탐지견이나 마약 탐지견을 양성하는 전문 기관들과 협력해 암세포 탐지견을 키우기 시작했다. 어떤 학자는 소변을 통해 방광암 환자를 식별해 내는 방광암 탐지견을, 또 다른 학자는 피부암 탐지견을 교육시키는 데 성공했다. 최근에는 일본에서도 암세포 탐지견이 탄생했다.

사람이 개코를 가지게 된다면 어떨까? 근처에 제일 맛있는 떡볶이 집이 어디에 있는지, 유통 기한이 지난 재료를 쓴 것은 아닌지, 몸에 해로운 멜라민이 들어간 것은 아닌지, '킁!킁!' 몇 번으로 다 잡아낼 수 있지 않을까?

개 Dog

사람과 가장 가까운 동물로 약 1만 2000년 전 야생 늑대가 길들여져 개가 되었다. 세계적으로 800여 종 이상의 품종이 있다. 가정집의 평범한 반려견에서부터 양치기 개, 사냥개, 경찰견, 군견, 플라스틱 대인 지뢰 탐지견, 마약 탐지견, 인명 구조견, 맹인 안내견, 청각 도우미견 등 각종 전문직에 종사하며 인간의 보다 나은 삶에 톡톡히 공헌하고 있다.

42. 반짝반짝 작은 별 개똥벌레

12월이 되어 길거리 곳곳을 수놓은 크리스마스트리들을 볼 때마다 한여름 밤 말레이시아 밀림 속에서 겪은 일이 떠오른다. 조명 하나 없는 깜깜한 숲길을 손전등에 의지해 걸어가고 있을 때였다. 뜬금없이 눈앞에 초대형 크리스마스트리가 보이기 시작했다. "우와!" 가까이 다가가니 마치 영화의 한 장면 속으로 걸어 들어간 듯, 반짝이는 나무들이 끝도 없이 펼쳐져 있다. 일행 모두 비명에 가까운 감탄사를 어찌나 질러 댔던지, 그 동네 동물들 밤잠깨나 설쳤지 싶다.

한여름에 웬 크리스마스 장식일까? 이런 오지까지 어떻게 전기를 끌어왔을까? 의문이 꼬리를 무는 순간, 현지인이 "개똥벌레들이 사는 곳입니다." 한다. 그제야 폴폴폴 날아다니는 '꼬마전구'들이 눈에 띄었다. "나는 개똥벌레~" 노래만 신나게 불렀을 뿐 실제로 눈앞

에서 보기는 머리털 나고 처음이었다. 누군가 한 마리를 잡아서 내 손에 건네주었다. 작고 왜소해 보이는 녀석이 뿜어내는 빛이 어찌나 밝던지 손안은 물론 주변까지 환해졌다. 실제로 옛날에는 이들을 잡아서 불을 밝히는 조명으로 사용하기도 했다고 한다.

개똥벌레의 정식 이름은 반딧불이. 반딧불이가 이런 예쁜 빛을 내는 이유는 서로 의사소통을 하고 짝짓기를 하기 위해서이다. 아무리 어두컴컴한 밤일지라도 빛을 깜빡이는 시간이나 빛의 세기 등을 보고 같은 종의 암컷과 수컷이 서로를 알아보고 만날 수 있다. 그런데 반딧불이는 전기도 없이 어떻게 빛을 내는 것일까? 반딧불이는 특이한 세포를 가지고 있는데, 이 세포 속에는 빛을 만드는 화학 물질인 루시페린(luciferin)이 들어 있다. 그리고 이 화학 물질이 산소와 만나면서 빛이 만들어진다(이렇게 스스로 빛을 내는 동물들을 발광동물이라 한다.).

더 신기한 것은 반딧불이가 내는 빛은 열이 거의 없다는 것이다. 크리스마스 장식용 꼬마전구들은 만져 보면 꽤 뜨거운데, 이런 전구들이 에너지의 3~5퍼센트만을 빛으로 바꾸고 나머지를 열로 소모하는 데 반해, 반딧불이는 에너지의 거의 전부를 빛을 내는 데만 사용한다. 만약 반딧불이의 발광 원리를 조명에다 응용할 수만 있다면 에너지가 열로 손실되는 것을 막아 엄청난 양의 에너지를 절약할 수 있을 것이다. 게다가 자꾸만 사라져 가는 석유도 아낄 수 있고 말이다. 그런데 하필이면 꽁무니 부분에서 빛이 난다는 게 좀 그렇긴 하다. 누군가의 엉덩이 밑에서 책 보고 수다를 떤다는 게 영 민망할 듯.

반딧불이 Firefly

딱정벌레목 반딧불이과에 속하며 몸길이는 10~20밀리미터이다. 한 달 만에 부화된 알은 8개월의 애벌레 시기를 거쳐 어른이 되는데, 이슬만 먹으며 2주 정도 살다가 알을 낳고 죽는다. 환경이 아주 깨끗한 곳에서만 살 수 있기 때문에 환경 오염으로 최근에는 쉽게 볼 수 없게 되었다. 전라북도 무주군에 서식지가 있으며 이곳은 천연기념물로 지정, 보호되고 있다.

43.
남극과 북극을 오가는 북극제비갈매기

'언젠가 꼭 세계 일주를 해 봐야지.'

누구나 한 번쯤 꿈꿔 보는 일이지 싶다. 하늘을 나는 기구를 타건, 유람선을 타건, 배낭 하나 짊어지고 떠나건, 오대양 육대주를 누빈다는 것, 정말 상상만 해도 가슴 뛰는 일이다. 그러나 그 꿈을 실제로 이루는 사람은 과연 몇 명이나 될까. 바빠서, 용기가 없어서, 돈이 없어서 등등 여러 가지 현실적인 이유들로 우리는 아직도 떠나지 못하고 있다. 그런데 해마다 이 꿈을 이루며 사는 부러운 녀석들이 있다. 그것도 달랑 날개 두 짝 달렸을 뿐인 '맨몸'으로 말이다.

북극제비갈매기는 지구상에서 가장 먼 거리를 이동하는 동물로 유명하다. 거리가 도대체 얼마나 되기에? 이 녀석들은 지구의 끝에서 끝인 북극과 남극을 오가며 산다. 그것도 매년! 4월에서 8월까지는 북극이나 북극 주변에 살면서 번식을 한 뒤, 슬슬 남극으로 날아간다. 10월에서 이듬해 3월까지를 남극에서 보낸 후, 4월이 되면 다시 북극으로!

　말이 쉬워 극과 극이지, 이 왕복 거리는 무려 4만 킬로미터에 해당한다. 100미터 달리기 트랙을 40만 개 이어 붙인 거리고, 마라톤 풀코스(42.195킬로미터)를 거의 1,000번 뛰어야 하는 거리며, 평균 수명 20년으로 계산해 봤을 때, 이 녀석들이 평생 날아다니는 거리는 달나라에 다녀올 거리(지구에서 달까지의 거리는 약 40만 킬로미터이다.)와 맞먹는다. 하지만, 극에서 극을 오가는 일이 이들에게는 지극히 일상적인 연례행사일 뿐이라는 사실!

　게다가 또 하나 재미있는 사실은 이 녀석들이 평생 가장 오랫동

안 햇빛을 보며 사는 동물이라는 점이다. 북극과 남극은 여름이 되면 백야 현상이 일어난다. 백야(白夜)는 '하얀 밤'이란 뜻으로, 밤이 되어도 해가 지지 않아 24시간 쨍~ 하고 해가 떠 있다. 북극제비갈매기가 북극에 있는 동안은 북극이 여름, 남극에 있는 동안은 남극이 여름으로 백야가 몇 달씩 지속되는 때이다. 이동 중일 때를 제외하면 이 녀석들은 전혀 '어둠의 세계'를 맛보지 못하며 사는 셈.

충분히 먹지도, 쉬지도 못하면서 태양과 달과 별을 나침반 삼아 여름을 향해 날아가는 철새들. 여러분이 이 글을 읽고 있는 순간에도, 북극제비갈매기들은 저 하늘 어딘가에서 열심히 날개를 퍼덕이고 있을 것이다.

북극제비갈매기 Arctic tern

갈매기와 비슷한 크기의 바다새로 몸길이 33~39센티미터, 날개를 편 길이는 76~85센티미터이다. 몸무게 90~130그램으로, 하얀 몸에 회색빛 날개가 있고, 검은 바가지를 씌워 놓은 듯 머리 꼭대기 부분만 검고, 발과 부리는 새빨갛다. 물고기나 작은 무척추동물을 먹고 산다. 50마리 이상씩 무리를 지어 살고, 한 번 짝을 맺은 암수는 평생 함께 지낸다. 암수가 함께 알을 품고 새끼를 키우며 둥지와 새끼를 지키는 데 헌신적이다.

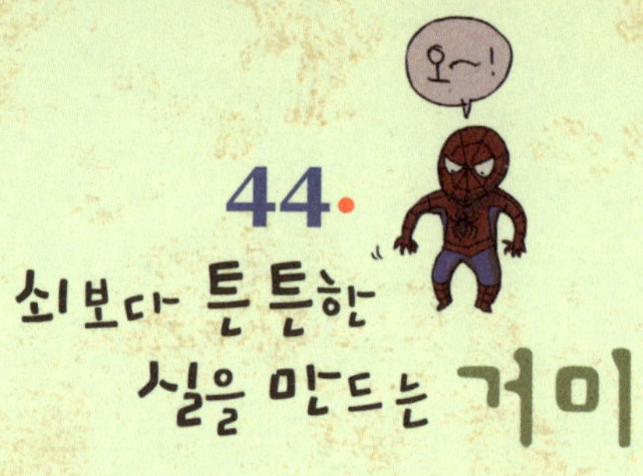

44. 쇠보다 튼튼한 실을 만드는 거미

또 지각이다! 엄마가 깨울 때 고분고분 일어나는 건데……, 어제 조금만 더 일찍 자는 건데……, 후회해 봤자 이미 늦었다. 후다다닥 옷을 껴입고 신발을 신고 버스 정류장으로 내달렸지만, 아뿔싸! 눈앞에서 버스는 이미 정류장을 떠났다. 아, 또 학교까지 뛰어 가야 하는 건가! 이럴 때 스파이더맨처럼 손바닥에서 거미줄이 나온다면 얼마나 좋을까? 숨차게 뛸 것 없이 점점 멀어져 가는 저 버스 꽁무니에 거미줄을 쏘아 척 하니 붙이고 그냥 매달려 가기만 하면 될 텐데.

발상은 황당하지만 곰곰이 생각하다 보면, 진지한 의문이 꼬리에 꼬리를 물게 된다. 과연 그 가는 줄이 내 몸무게를 견딜까? 도중에 줄이 뚝 끊기면? 혹은 내가 만든 거미줄에 내가 걸려 허우적대면 정말 꼴사납겠다 등등.

거미줄의 두께는 평균 0.0001밀리미터로 사람의 머리카락보다 훨씬 가늘다. 하지만 강철보다 몇 배나 강해서, 1밀리미터 두께라면 성인 남자도 거뜬히 들어 올릴 수 있고, 어른 엄지손가락 굵기라면 보잉 737 비행기 두 대를 들어 올릴 정도라 한다. 게다가 얼마나 질긴지 원래 길이보다 130퍼센트나 늘어나는데다, 방수 기능을 가진 것은 물론 알레르기를 일으키지도 않아서 거미줄은 그야말로 '꿈의 섬유'로 불린다. 방탄복의 소재이자 인간이 만든 가장 강한 섬유인 '케블라'조차도 거미줄 앞에서는 무릎을 꿇는다. 때문에 각 분야의 학자들이 인공 힘줄, 낙하산 줄, 방탄 조끼, 의료용 봉합사 등에 사용할 목적으로 '거미줄 따라잡기'에 몰두하고 있다.

거미줄은 원래 액체 상태였다가 몸 밖으로 나오는 순간 고체가 되는데, 거미는 용도에 따라 거미줄의 성분을 바꾸는 능력도 가지고 있다. 예를 들어 먹이를 잡을 때만 끈끈이 성분의 줄을 만들고, 자신은 끈끈이 성분이 없는 줄을 타고 다니는데다 발끝에서 기름 비슷한 물질이 나오기 때문에 자기가 친 거미줄에 얽히지 않고 폼 나게 다닐 수 있는 것. 그러니, 내가 친 거미줄에 걸려 허우적댈 걱정은 붙들어 매도 될 듯!

그런데 말이지, 만약 스파이더맨도 진짜 거미처럼 손목이 아니라 항문 쪽에서 거미줄을 쏘아 댔다면 어땠을까?

거미 Spider

세계적으로 4,000여 종이 있고 우리나라에만 600여 종이 있다. 거미는 파리, 모기와 같은 곤충류가 아닌 거미류에 속하는 동물이다. 곤충은 다리가 6개지만 거미는 8개고, 곤충은 몸이 머리, 가슴, 배, 세 부분으로 나뉘지만 거미는 머리와 가슴이 합쳐진 머리가슴과 배, 두 부분으로 나뉜다. 게다가 거미는 홑눈이고 날개도 없다. 거미의 가까운 친척으로는 전갈이 있다. 거미는 매일 자기 몸무게의 10퍼센트에 해당하는 양의 거미줄을 뽑아낼 수 있다.

45. 무덤 속에 알 낳는 무덤새

보통 새들은 몇 주 동안 정성껏 알을 품어 새끼를 부화시킨다. 그런데 품기는커녕 알을 깊은 흙더미 속에 파묻어 버리는 새가 있다. 가엾은 새끼들의 운명은 어찌될 것인고?

이름마저 무시무시한 '무덤새'가 그 주인공인데, 이 녀석들의 둥지가 '이런 곳에 웬 무덤이?'라고 생각하기 딱 좋을 만큼 무덤과 똑같이 생겼기 때문에 붙은 이름이다. 한편, 영어 이름은 '거대한 발'이라는 뜻을 가진 메가포드(megapode)이다. 그 큰 발로 엄청난 양의 흙더미를 퍽퍽 헤쳐 가며 무덤처럼 생긴 둥지를 짓는다니, 왠지 심상치 않은 느낌이 팍팍 온다.

무덤새 수컷은 새끼가 태어나기 훨씬 전부터 새끼들을 위한 집을 짓는다. 일단 그 크기가 엄청나다. 먼저 깊이 1미터, 지름 2미터 되는 구덩이를 판 뒤, 주변에서 나뭇가지, 낙엽, 나무 부스러기들을 물어 와 구덩이에 넣는다. 그 위에 모래와 흙을 덮으면 점점 둥지가 땅위로 불룩 솟아오르기 시작하고 결국 높이 1미터, 지름이 4~5미터나 되는 커다란 무덤 모양의 둥지가 완성된다. 겨우 닭만 한 녀석이웬 집 욕심이 그리 큰지, 사람 몇 명은 너끈히 들어가 누울 수 있을만큼 거대하다.

둥지 속에서는 무슨 일이 벌어지고 있을까? 안에다 쌓아 놓은나뭇가지와 낙엽 등이 썩으면서 열이 발생하기 시작한다. 체온 대신'퇴비'가 내는 열로 알을 부화시킬 계획인 것. 점점 온도가 높아져서'알 까기'에 딱 좋은 32~34도가 되면(그러려면 약 4개월을 기다려야 한다.),

암컷이 알을 낳는다. 어째 새끼들을 퇴비 속에서 태어나게 한다는 게 좀 찜찜하지만, 새끼가 태어날 때까지 천연 부화기를 완벽하게 작동시키는 아빠 무덤새의 능력과 노력은 정말 놀랍다.

연구 결과, 천연 부화기의 온도가 항상 33도로 유지된다는 것과 수컷의 부리와 혀가 온도계 역할을 한다는 사실이 밝혀졌다. 수컷은 수시로 부리를 흙더미 속에 집어넣어 온도를 확인하는데, 그야말로 달인의 경지에 이르러 '아, 애들이 좀 춥겠구나, 아, 애들이 땀 좀 흘리겠구나.'를 정확히 안다.

온도가 너무 높으면 구멍을 파서 열이 빠져나가게 하거나 그늘진 곳의 시원한 흙더미를 끌어와서 뿌린다. 해가 너무 뜨거우면 흙을 더 두껍게 쌓아 열이 직접 닿는 것을 막고, 낙엽이 다 썩어 퇴비의 열기가 식으면 흙을 걷어내 태양열이 곧장 전해지게 한다. 그래서 둥지는 때에 따라 무덤 모양이었다가 분화구 모양이었다가, 혹은 더 높았다가 낮았다가 하며 계속 모양이 바뀐다.

새끼들을 위해 아빠 무덤새는 매일 30~40킬로그램의 흙더미를 나른다. 그것도 1년 중 11개월 동안이나! 하지만, 약 2개월이 지난 후 태어난 새끼들은 고맙다는 인사 한 마디 없이 바로 숲 속으로 사라져 버린다니, 어째, 아빠 새가 안쓰럽게 느껴지기도 한다. 아빠 무덤새를 위한 어버이날이라도 만들어 주어야 하지 않을까?

무덤새 Megapode

꿩목 무덤새과에 속하는 종으로 22종이 있다. 닭보다 약간 큰 크기로 어두운 회색빛에 검은색과 갈색의 얼룩무늬가 있다. 몸무게는 1.5~2 킬로그램이고, 수명은 25~30년이다. 곤충이나 씨앗, 식물을 먹고 산다. 암컷은 5~10일에 거쳐 30~35개의 알을 낳는데 새끼는 태어나면서부터 깃털이 모두 나 있고, 알에서 깬 지 한 시간 안에 달리고 24시간 안에 날 수 있는 등 부모의 도움 없이 바로 독립한다. 오스트레일리아와 폴리네시아, 인도네시아와 말레이시아의 숲이나 덤불 등지에 산다. 어떤 종은 따뜻한 화산재 속이나 온천 가까이의 땅속에 알을 낳기도 한다.

46. 새파란 피를 헌혈하는 투구게

공포 영화 속 귀신들은 입에서 웬 피를 그리도 흘리는지. 새빨간 피가 뚝뚝. 보통, '피'라고 하면 이렇듯 자동적으로 빨간색을 연상하지만, 사실 세상의 모든 피가 빨간 것은 아니다.

수족관에 가면 바닥에 납작 엎드려 있는 투구게들을 볼 수 있다. 물에서 꺼내 바로 철가면 놀이를 해도 손색이 없을 만큼 특이한 등딱지가 특징인 투구게가 지구상에 나타난 것은 적어도 2~3억 년 전. 그 오랜 세월 동안 거의 모습이 변하지 않아서 '살아 있는 화석'이란 별명이 붙기도 했다.

만약 투구게 세상에 공포 영화가 존재한다면 투구게 귀신들은 입에서 파란 피를 뚝뚝 흘릴 게 틀림없다. 왜냐고? 그야 투구게의 피는 파란색이니까. 우선 사람의 피가 빨간 이유는 혈액 속에 있는 헤모글

로빈에 포함된 철 성분 때문이다. 이 철 성분이 산소와 만나면서 붉은 빛깔을 만드는 것이다. 반면, 투구게의 혈액 속에서 산소를 운반하는 것은 헤모시아닌(hemocyanin)이라 불리는 단백질인데, 그 속에는 구리 성분이 함유되어 있어 산소와 만나면서 파란 빛을 만든다.

더 놀라운 것은 투구게의 파란 피가 사람의 생명을 구한다는 사실이다. 주사기가 처음 등장한 1850년대에는 많은 사람들이 주사기에 묻은 각종 세균에 감염이 되어 질병에 걸리거나 심지어는 죽기까지 했다. 그런데 투구게의 피가 세균을 응고시켜 버리는 뛰어난 항균 작용을 가지고 있다는 사실이 밝혀지면서 더 이상 걱정할 필요가 없어졌다. 이들의 파란 피에서 추출한 LAL(Limulus Amebocyte Lysate)

이라 불리는 물질로 주사기는 물론, 각종 의약품의 오염 여부를 미리 검사할 수 있기 때문이다. 이 물질은 오직 투구게에서만 얻을 수 있고 인공적으로 합성할 수도 없다고 한다.

지금도 매년 10만 마리 이상의 투구게들이 사람을 위해 자신의 '파란 피'를 헌혈하고 있다. 한 마리당 약 50밀리리터(우유 4분의 1잔 분량)의 혈액을 헌혈한 후 다시 바다로 돌려보내지는데, 일생 동안 주기적으로 헌혈을 한다고 가정했을 때 투구게 한 마리의 가치는 약 2,500달러(약 250만원)라고 한다. 정말 고맙다, 투구게들아!

투구게 Horseshoe crab

이름과는 달리 게보다는 거미나 전갈, 이미 멸종한 삼엽충에 가까운 동물이다. 몸길이는 약 60센티미터까지 자란다. 갯지렁이류, 갑각류, 조개류를 먹고 산다. 초여름부터 가을, 특히 산란기가 되면 엄청나게 많은 수가 해안가로 모여든다. 5센티미터 깊이 모래 속에 알을 낳는데 암컷은 한 번에 작은 씨앗만 한 크기의 알을 4,000~5,000개 낳는다. 세계적으로 4종이 존재한다. 주로 북아메리카에서 멕시코 만에 걸친 연안에 1종, 중국과 일본 연안에 3종이 있다. 수명은 25~30년이다.

47. 맛으로 길 찾아가는 연어

　민족 대명절인 추석이 다가오면, 차례상 한가득 차려진 맛있는 음식부터 먼저 떠올리는 사람이 있는가 하면, 차 속에 갇혀 길바닥에서 몇 시간씩 보낼 생각에 얼굴부터 찡그리는 사람도 있다. 하지만 그렇다고 해서 고향 찾는 일을 거르지는 않는다. 길바닥에서 꼬박 하루를 보내는 한이 있어도 사랑하는 부모님과 친지들을 모두 함께 만날 수 있는 그곳, 고향엘 가는 길은 설레고 즐겁기 마련이니까.

　고향을 찾는 것은 우리 사람뿐만이 아니다. 귀소 본능이란 동물이 자신이 태어난 곳, 혹은 자란 곳을 다시 찾아가려는 본능을 말한다. 버려진 진돗개가 수백 킬로미터 떨어진 곳에서 주인을 찾아왔다는 이야기를 들은 적이 있을 것이다. 이것이 바로 대표적인 귀소 본능이다.

　귀소 본능을 보이는 또 다른 동물로 연어를 꼽을 수 있다. 10월 말이 되면 강원도 양양 남대천은 고향을 향해 길고 긴 행렬을 이룬 연어 떼로 뒤덮여 그야말로 '물 반 고기 반'이 된다. 그 광경을 보기 위해 전국 각지에서 사람들이 몰려들 정도니, 말 다 했지, 뭐. 연어가 고향을 찾는 이유는 단 하나, 알을 낳기 위해서이다.

　남대천에서 태어나 어린 시절을 보낸 연어들은 이듬해 1살이 되면 먼 바다로 떠난다. 그리고 짝짓기를 할 만큼 성숙해지는 3~5살이 되면 고향을 향해 수천 킬로미터를 헤엄쳐 돌아온다. 산란기가 가까워지면 먹이도 입에 대지 않는데, 그 상태로 거센 물살을 거슬러 오르고 때로는 폭포도 뛰어넘는다. 연어의 목숨을 건 '고향 찾아 삼만 리'에 비하면 우리가 겪는 명절 교통지옥은 가벼운 몸 풀기 정도?

지도도, 도로 표지판도, 내비게이션도 없이 연어들은 어떻게 자기가 태어난 강을 찾아오는 것일까? 바로 뛰어난 미각과 후각을 가지고 있기 때문이다. 우리는 잘 느낄 수 없지만 강물은 조금씩 맛과 냄새가 다르다. 같은 강물이라 해도 상류냐, 하류냐에 따라 녹아 있는 성분들이 달라서 다른 맛, 다른 냄새를 나타낸다. 연어는 그 작은 차이를 구분할 수 있기 때문에 태어난 곳의 물맛 혹은 물 냄새를 쫓아 고향으로 돌아올 수 있다.

해마다 가을이 되면 추석을 쇠러 고향 가는 길이 무탈하기를 기원하곤 한다. 다가오는 추석에는 연어들도 무사히 고향에 도착할 수 있도록 함께 기원해 보자.

연어 Salmon

보통 70센티미터 정도, 최고 1미터까지도 자라며, 갑각류나 작은 물고기를 먹고 산다. 민물에서 태어난 후 바다로 나가 살다가 다시 민물로 돌아와 새끼를 낳고는 죽는다. 종에 따라서는 다시 바다로 나갔다가 고향으로 돌아와 새끼 낳기를 여러 차례 반복하기도 한다. 우리나라, 일본, 러시아, 알래스카, 캐나다, 캘리포니아를 포함한 북태평양에 산다.

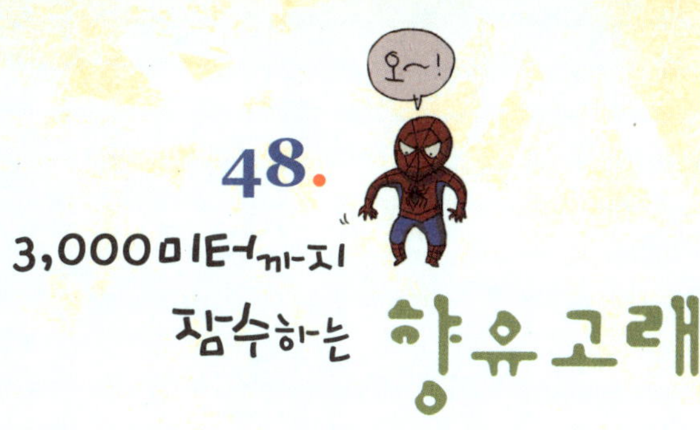

48. 3,000미터까지 잠수하는 향유고래

친구들과 수영장에 가서 제일 많이 하는 내기, 바로 '누가누가 오래 잠수하나?'이다. 마음 같아선 몇 분쯤은 거뜬히 참을 수 있을 것 같은데, 웬걸, 10~20초만 지나도 바닥을 박차고 올라오게 된다. 언젠가 머리 좋은 사람이 산소통이란 걸 생각해 냈다. 산소통만 있으면 저 깊은 바다 어디든 마음껏 돌아다닐 수 있을 것 같았는데 이 또한 마음대로 되지 않는다. 일정 깊이 이상 아래로 내려가면 가슴이 아파 오고 귀가 찢어질 것만 같다. 바다 아래로 내려갈수록 위에서 누르는 물의 무게, 즉, 수압이 세지기 때문이다(보통 수심 100미터에서 수압은 공기 중에서보다 10배 높다.).

사람이 아무런 장비 없이 맨몸으로 드나들 수 있는 최고 수심은 고작 10~20미터이고, 잠수 실력을 겨루는 '프리다이빙 대회'의 세계

기록도 86미터가 최고이다. 그런데 우리처럼 공기로 숨 쉬는 젖먹이 동물인 주제에 놀라운 잠수 능력을 발휘하는 동물이 있다. 향유고래는 음파 탐지기를 통해 바다 아래 2,200미터까지 내려가는 것이 관측된 적 있고 학자들은 이들이 최고 3,000미터 아래까지도 내려갈 수 있을 것으로 추정한다. 그곳의 압력은 수면에서의 300배에 달해서 사람 같으면 순식간에 찌그러져 버릴 정도의 위력이다. 게다가 향유고래가 숨을 참는 시간은 무려 1~2시간이라고 한다.

어떻게 그 어마어마한 수압을 견디며 숨을 참을 수 있는 걸까? 향유고래의 폐는 덩치에 비해 작아서 압력의 영향을 덜 받는다(폐는 기체로 채워져 있는데 기체는 압력의 영향을 더 많이 받는다.). 또, 전체 산소량의 50퍼센트 이상을 폐 대신 근육 속에 저장해 두었다가 사용하는데, 근육 속에는 산소와 아주 가깝게 지내는 미오글로빈이라는 단백질이 있다. 미오글로빈은 산소를 잘 끌어당기는 역할을 한다고나 할까? 향유고래에는 이 단백질이 육상 동물에 비해 10배나 많다. 그만큼 산소를 몸 안에 더 오랫동안 붙들고 있을 수 있는 것이다. 또 잠수하는 동안에는 뇌, 심장, 폐와 같이 생명과 직결되는 기관에만 혈액을 공급해서 산소를 최대한 절약한다.

향유고래는 잠수할 때 머리(?)를 쓴다. 향유고래는 머리가 몸 전체의 3분의 1을 차지하는데, 머리에 들어 있는 기름(뇌유라고 한다. 한때 양초의 재료로 사용되었다.) 덕분에 수압을 더 잘 견딜 수 있다. 또 이 기

그만
내려가~
얼마나
버티나보자!

름은 온도 변화(향유고래의 체온은 약 33도)에 아주 민감해서 잠수할 때 차가운 바닷물이 콧구멍으로 들어가면 바로 고체가 되어 무거워진 머리 덕분에 물 아래로 잘 내려갈 수 있다. 반대로 따뜻한 물이 들어가면 이 기름이 녹으면서 더 빨리 수면으로 떠오를 수 있다. 물고기가 부레를 이용하는 것과 마찬가지 원리인 셈이다.

향유고래 Sperm whale

고래는 전 세계에 82종이 있는데 그중 향유고래는 지구상에서 가장 큰 육식동물이자 이빨고래 중 가장 큰 고래에 속한다. 수컷의 몸길이는 16~18미터이고, 몸무게는 50~60톤이다. 암컷이 수컷에 비해 조금 작으며, 새끼는 태어났을 때 몸길이가 4미터에 몸무게가 1톤이다. 전 세계 바다 곳곳을 돌아다닌다. 가장 좋아하는 먹이는 오징어이며 수명은 50년 이상이다. 허먼 멜빌의 소설 『백경』 속에서 그려지는, 포경선을 공격하는 등 난폭한 이미지는 그저 자기 목숨을 지키기 위한 방어 행동일 뿐이다. 향유고래는 최근까지도 포경의 대상이 되고 있지만 멸종 위기에 처해 현재는 레드 리스트에 올라 있다. 향수의 재료로 쓰이는 값비싼 '용연향'은 소화 불량에 걸린 향유고래가 토해 놓은 이물질이다.

49. 기막히게 냄새 잘 맡는 나방

　유난히 냄새에 민감한 사람을 보고 '개코'라고 한다. 개의 후각 능력은 인간에 비해 100배에서 많게는 100만 배나 뛰어나다. 덕분에 공항에서 마약을 숨겨 들어오는 범죄자들을 찾아내고, 땅속에 숨겨진 플라스틱 지뢰를 찾아내는 등 인간으로서는 불가능한 일을 멋지게 해낸다. 돼지 역시 개 못지않게 후각이 뛰어나서 유럽에서는 '땅속의 복권'으로 불리는 값비싼 송로버섯을 찾아내는 데 돼지 코의 힘을 빌리기도 한다.

　그럼 동물의 왕국에서 가장 냄새를 잘 맡는 동물은 누굴까? 개? 돼지? 정답은 뜬금없게도 나방이다. 보는 순간 숨 넘어 가는 비명 소리와 함께 도망치거나 반대로 악착같이 쫓아가 때려잡기 바빴던 우리로서는 나방이 '냄새 맡기' 분야에서 세계 최고라는 점이 참 새삼스럽

다. 어디 이참에 나방 '코'가 얼마나 대단한지 한 번 알아보자.

먼저 나방과 나비, 뭐가 다를까? 말이야 바른 말이지, 나비나 나방이나 생긴 건 비슷한데 나방은 흉측한 녀석으로 취급받아 '치직~ 치직~' 전깃불에 태워 죽이고 나비는 어린이의 친구가 되어 축제까지 열린다. 사실, 나비와 나방을 구분 짓는 데 뚜렷한 과학적 분류 근거는 없다. 그저, 일반적으로 나비는 날개 색상이 화려하고 낮에 날아다니며 더듬이 끝이 곤봉처럼 생겼고, 나방은 밤에 활동하며 색상이 단조롭고 칙칙한 편인데다 더듬이가 안테나 모양이라는 것으로 분류되고 있을 뿐이다. 불쌍한 나방. 왠지 밤에 안테나 들고 칙칙한 옷 입은 채 돌아다니지 말아야겠다는 생각이 든다.

　　나방은 페로몬이란 화학 물질을 통해서 짝을 만난다. 나방 중에서도 가장 후각이 뛰어난 것으로 알려진 것은 누에나방이다. 또, 가장 강력한 페로몬을 분비하는 것으로도 유명하다. 암컷 나방은 수컷을 유인하기 위해 배 부분에서 페로몬을 분비하는데, 수컷은 아주 먼 거리에서도 이 냄새를 맡고 암컷을 찾아낸다. 날개를 편 길이가 겨우 2~3밀리미터밖에 안 되는 작은 녀석들이 10킬로미터 밖(100미터 달리기를 100번 뛴 거리)에서도 이 냄새를 맡고 암컷을 찾아오고, 공기 분자 1조 개 중에 암컷의 페로몬 분자가 1개만 있어도 그 냄새를 맡을 수가 있다고 한다. 이쯤이면 '깨갱깨갱' 천하의 개코도 꼬리를 내릴 수밖에.

　　물론, 나방은 코 대신 더듬이로 이 냄새를 맡고 추적한다. 나방은 더듬이가 굉장히 발달해서 나비와는 달리 생김새가 복잡하다. 새의 깃털 모양, 빗살 모양, 또는 부채 모양을 닮은 거대한 더듬이는 냄새 알갱이들을 잡아내는 안테나 역할을 한다.

　　만약 우리에게 나방의 더듬이가 생긴다면? 사람들로 꽉 찬 대강당에서도 방귀 뀐 범인을 알아낼 수 있고, 퇴근길 아빠가 어디쯤 오고 계시는지도 알 수 있을 것이다. 혹은 나방 더듬이를 활용한 발명품이 개발된다면, 집집마다 가스 점검을 하러 다닐 필요도, 아기 기저귀 안에 손을 넣어 볼 필요도 없어지지 않을까?

나방 Moth

세계적으로 약 20만 종이 있고, 한국에는 1,500여 종이 있는 것으로 알려져 있다. 대부분이 야행성이고 주로 꽃의 꿀이나 과즙, 나무 수액, 이슬을 먹고 산다. 특히 누에나방(silk moth)은 누에고치(번데기) 시절을 안전하게 보내기 위해 아주 가는 실을 뽑아 온몸을 둘러싸는데, 이것을 물에 끓이면 실크를 뽑아낼 수 있다. 누에나방은 입이 퇴화되어 먹이를 먹을 수가 없다. 그래서 누에고치를 지을 실을 만들고 나방이 되어 짝짓기와 알 낳기를 마칠 때까지 애벌레 시절 먹었던 영양분(뽕나뭇잎)으로 버틴다.

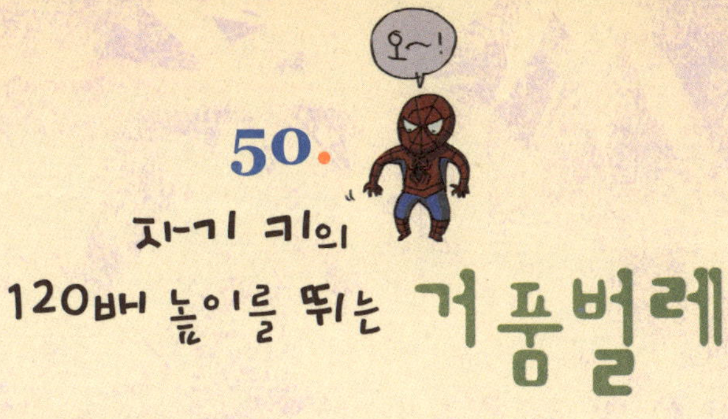

고층 아파트 15층 꼭대기에 살던 어린 시절, 말썽쟁이 엘리베이터 덕분에 비상계단을 이용해야만 하는 날들이 많았다. 말이 쉬워 15층이지, '후달달달' 힘 풀린 다리를 내려다보고 있으면 간절한 소망이 생기게 마련이다. '1층 잔디밭에 거대한 텀블링 기구를 갖다 두고 한 번에 슝~ 점프해서 내 방 창문으로 들어갈 수만 있다면!' 그때만큼 높이뛰기 선수들이 부러웠던 적도 없었던 것 같다.

자, 그럼, 동물계의 높이뛰기 스타들을 한 번 만나 볼까. 많은 사람들이 벼룩을 높이뛰기 챔피언으로 알고 있다. 몸길이 3밀리미터인 벼룩의 높이뛰기 최고 기록은 33센티미터. 자기 키의 110배를 뛴 셈이다. 우와~ 정말 대단하잖아. 하지만 불과 몇 년 전, 벼룩을 울게 만든 새 챔피언이 등장했으니, 영예의 주인공은 바로 거품벌레란 녀석이다.

몇 해 전 영국 케임브리지 대학교의 연구진이 몸길이 6밀리미터인 거품벌레가 자기 키의 약 120배인 ==70센티미터==를 점프하는 모습을 촬영하는 데 성공했다. 순식간에 ‘사라져 버리는’ 녀석들을 촬영하기 위해 초당 2,000장을 연속 촬영하는 초고속 카메라를 쓸 수밖에 없었다(보통 우리가 극장에서 보는 영화는 초당 24장으로 촬영된 것). 이 정도면 키가 170센티미터인 성인이 200미터를 넘게 뛰어오른 것과 마찬가지이다. 뿅 하는 순간 남산 꼭대기나 63빌딩 위로 뛰어오른다고 상상해 보자. 이 정도면 거짓말 좀 보태서 ‘순간 이동’ 수준이다.

더군다나 거품벌레가 벼룩보다 50~60배나 더 무겁다는 점을 감안하면, 지구상에서 거품벌레와 대적할 자는 아무도 없다. 거품벌레는 포식자가 나타나 위급한 상황이 되면 뒷다리에 에너지를 모았다가 순간적으로 몸을 튕겨 점프한다. ‘요이~ 땅!’ 하고 100미터 전력 질주할 때를 떠올려 보면 이해하기 쉽다.

이 녀석들이 점프할 때는 1,000분의 1초 만에 ==초속 4,000미터==에 이르는 가속도가 붙는다고 한다. 너무너무 빠른 속도 때문에 점프 때 가해지는 중력이 자기 몸무게의 400배가 넘지만 아무 탈 없이 안전하게 착지한다. 롤러코스터(보통 시속 60~80킬로미터)를 탈 때 쇳덩이가 짓누르는 듯 의자에 온몸이 찰싹 달라붙던 느낌을 떠올려 보면 거품벌레의 점프가 얼마나 대단한 것인지 알 수 있다(참고로 벼룩은 자기

헉!
너무 높이
뛰었다!

꺄악!
살려줘요!

몸무게의 135배의 무게를 견디고, 인간은 보통 2~3배, 우주선에 타고 있을 때조차 최고 5배 이상은 견디기 어렵다고 한다.).

　마지막으로 더 재미있는 사실은 거품벌레가 우리 주변에서 아주 쉽게 볼 수 있는 곤충인데도 불구하고 최근에서야 이런 사실이 알려졌다는 점이다. 눈을 크게 뜨고 가까운 곳부터 한 번 둘러보자. 이제껏 모르고 그냥 지나쳤던 일들이 새롭게 다가올지도 모른다. 초능력은 먼 곳에 있는 게 아니라는 사실 말이다!

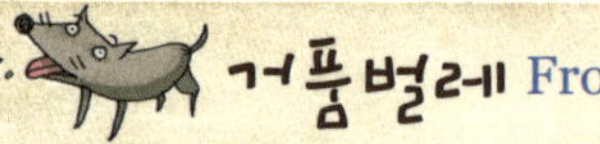

매미목 거품벌레과로 몸길이는 0.5~2센티미터, 세계적으로 2,400여 종이 있고 우리나라에도 갈잎거품벌레, 어릿광대거품벌레 등 30여 종이 있다. 날이 따뜻해지면 나무나 풀이 있는 곳 어디에서나 볼 수 있다. 찾는 방법은 쉽다. 거품을 찾으면 된다. 나뭇가지나 줄기에 마치 침 같은 거품으로 집을 만들고(그래서 침 벌레라고도 부른다.), 그 안에서 알을 낳아 새끼를 키우며 천적이나 햇볕을 피한다. 수액을 먹고 산다.

더 알고 싶은 사람들을 위한 정보

책

도널드 그리핀·안신숙, 『동물은 무엇을 생각하는가』(정신세계사, 1994)

라 듀거킨·장석봉, 『동물들의 사회생활』(지호, 2002)

라 듀거킨·이한음, 『동물에게도 문화가 있다』(지호, 2003)

라가벤드라 가닥카·전주호·강동호, 『동물 사회의 생존 전략』(푸른미디어, 2001)

라이너 홀베·박원영, 『아름다운 이웃 동식물의 신비』(사람과 책, 2003)

리처드 도킨스·홍영남, 『이기적 유전자』(을유문화사, 2002)

마츠자와 데츠로·장석봉, 『공부하는 침팬지 아이와 아유무』(궁리, 2003)

마크 롤랜즈·윤영삼, 『동물의 역습』(달팽이, 2004)

마크 베코프·이덕열, 『동물에게 귀 기울이기』(아이필드, 2004)

매트 리들리·신좌섭 옮김, 『이타적 유전자』(사이언스북스, 2001)

박태순, 『둥지 밖으로 나온 동물 건축가』(잉걸, 2003)

보리스 훼드로빗지 세르게예프·이병국·조영신, 『동물들의 신비한 초능력』(청아출

판사 2000)

비투스 B. 드뢰셔·이영희 옮김, 『휴머니즘의 동물학』(이마고, 2003)

사이 몽고메리·김홍옥, 『유인원과의 산책』(다빈치, 2001)

사이 몽고메리·승영조, 『아마존의 신비 분홍돌고래를 만나다』(돌베개, 2003)

샬럿 올렌브럭·양은모, 『동물과의 대화』(문학세계사, 2005)

손성원, 『박쥐』(지성사, 2001)

스텐리 코렌·김영철, 『개와 대화하는 법』(보누스, 2004)

스티븐 부디안스키·이상원, 『고양이에 대하여』(사이언스북스, 2005)

스티븐 하트·이용철, 『동물의 언어』(김영사, 1996)

신디 엥겔·최장욱, 『살아 있는 야생』(양문, 2003)

엘리자베스 마셜 토머스·정영문, 『인간들이 모르는 개들의 삶』(해나무, 2003)

이본 배스킨·이한음, 『아름다운 생명의 그물』(돌베개, 2003)

이인식, 『신비 동물원』(김영사, 2001)

제인 구달·박순영, 『제인 구달』(사이언스북스, 1996)

제인 구달·박순영, 『희망의 이유』(궁리, 2000)

제인 구달·마크 베코프·최재천·이상임, 『생명 사랑 십계명』(바다출판사, 2004)

제인 구달·최재천, 『인간의 그늘에서』(사이언스북스, 2001)

제프리 무세이프 메이슨·김하국, 『좋은 아빠 나쁜 아빠』(에디터, 2003)

제프리 무세이프 메이슨·수전 매카시·오성환, 『코끼리가 울고 있을 때』(까치, 1996)

조안나 버거·김정미, 『나를 소유한 앵무새』(인북스, 2002)

존 스파크스·김동광·황현숙, 『동물의 사생활』(까치, 2000)

찰스 다윈·이민재, 『종의 기원』(을유문화사, 1995)

찰스 다윈·최원재, 『인간과 동물의 감정 표현에 대하여』(서해문집, 1998)

최재천, 『생명이 있는 것은 다 아름답다』(효형출판, 2000)

칼 P. N. 슈커·김미화, 『우리가 모르는 동물들의 신비한 능력』(서울문화사, 2004)

콘라트 로렌츠·김천혜, 『솔로몬의 반지』(사이언스북스, 2000)

콘라트 로렌츠·유영미, 『야생 거위와 보낸 일 년』(한문화, 2005)

콘라트 로렌츠·김대웅, 『동물이 인간으로 보인다』(자작나무 1995)

탬신 콘스터블·윤소영, 『침팬지』(다림, 2002)

팀 플래너리·이한음, 『자연의 빈 자리』(지호 2001)

패트리샤 맥코넬·신남식·김소희. 『당신의 몸짓은 개에게 무엇을 말하는가』(에피소
    드, 2005)

폴 컬런저·신선숙, 『세계의 철새 어떻게 이동하는가?』(다른세상, 2005)

프란스 드발·박성규, 『원숭이와 초밥 요리사』(수희재, 2005)

프란스 드발·김소정, 『보노보』(새물결, 2003)

프란스 드발·황상익·장대익, 『침팬지 폴리틱스』(바다출판사, 2004)

프로젝트팀(NHK 위성 방송 「생물의 묵시록」 제작팀)·한상훈, 『지구에서 사라진 동
    물들』(도요새, 2000)

말하는 동물들의 웹사이트

말하는 앵무새 알렉스 www.alexfoundation.org

말하는 고릴라 코코 www.koko.org

말하는 앵무새 은키시 www.sheldrake.org/nkisi

여키스 영장류 센터 www.yerkes.emory.edu

수화를 처음 배운 침팬지 와쇼 www.friendsofwashoe.org

해외 동물 보호 단체

제인 구달 www.janegoodall.org

세계 야생 동물 기금 협회(WWF) www.panda.org

세계 자연 보존연맹(IUCN)의 멸종 위기 동식물 목록 www.iucnredlist.org

동물 보호 단체 '윤리적으로 동물을 다루는 사람들' www.peta.org

국내 동물 보호 단체 및 연구소

한국 동물 보호 협회 www.koreananimals.org

한국 동물 구조 관리 협회 www.karama.or.kr

한국 동물 보호 연합 www.kaap.or.kr

동물 자유 연대 www.animals.or.kr

야생 조류 협회 www.kwildbird.com

한국 야생 동물 유전 자원 은행 www.cgrb.org

한국 야생 동물 보호 협회 www.wildanimals.or.kr

한국 야생 동물 연구소 www.wildlife.re.kr

동물 다큐멘터리 웹사이트

내셔널 지오그래픽 www.nationalgeographic.co.kr

Q채널 www.qchannel.co.kr

디스커버리 애니멀 플래닛 animal.discovery.com

동물원

과천 서울 대공원 grandpark.seoul.go.kr

대전 주랜드 www.zooland.co.kr

부산 성지곡 동물원 www.busanzoo.com

서울 어린이 대공원 www.childrenpark.or.kr

삼성 에버랜드 www.everland.com/ZooAction.do

전주 동물원 zoo.jeonju.go.kr/

청주 동물원 www.cjcity.net/sayupso/cjzoo

테마 동물원 쥬쥬 www.themezoozoo.com

수족관

부산 아쿠아리움 www.busanaquarium.com

63 씨월드 www.63city.co.kr/63cityhome/jsp/tour/seaworld/intro.jsp

코엑스 아쿠아리움 www.coexaqua.com

퍼시픽랜드 www.pacificland.co.kr

초능력 동물원

기발하고 엉뚱한 동물들의 초능력 이야기

1판 1쇄 찍음 2009년 3월 30일
1판 1쇄 펴냄 2009년 4월 3일

지은이 | 김소희
그린이 | 이명하
펴낸이 | 박상준
펴낸곳 | (주)사이언스북스

출판등록 | 1997. 3. 24.(제16-1444호)
(135-887) 서울시 강남구 신사동 506 강남출판문화센터
대표전화 | 515-2000 팩시밀리 | 515-2007
편집부 | 517-4263 팩시밀리 | 514-2329
www.sciencebooks.co.kr

값 15,000원

ISBN 978-89-8371-029-1 03850